# 现代诗歌与民国旧事

张建宏 —— 著

江西美术出版社
全国百佳出版单位

# 目录

| | | |
|---|---|---|
| 胡适 | 《蝴蝶》<br>——"我们被蝴蝶领到了春天的菜园" | 002 |
| 刘半农 | 《教我如何不想她》<br>——"教我如何再想他" | 016 |
| 鲁迅 | 《我的失恋》<br>——"不知何故兮——由她去罢" | 028 |
| 周作人 | 《过去的生命》<br>——"没有了,永远地走过去了!" | 040 |
| 郭沫若 | 《瓶》<br>——"一个破了的花瓶倒在墓前" | 056 |

| | | 080 |
|---|---|---|
| 冰心 | 《繁星》《春水》<br>——"小诗流行的时代" | |

| | | 094 |
|---|---|---|
| 湖畔诗社 | 《湖畔》及其他<br>——"我们歌笑在湖畔,我们歌哭在湖畔" | |

| | | 114 |
|---|---|---|
| 蒋光慈 | 《哀中国》<br>——"我不过是一个粗暴的抱不平的歌者" | |

| | | 128 |
|---|---|---|
| 徐志摩 | 《献词》<br>——"他在为你消瘦,那一流涧水" | |

| | | 152 |
|---|---|---|
| 闻一多 | 《红烛·红豆篇》<br>——"情愿不自由,也是自由了" | |

| 朱湘 | 《采莲曲》——"时静，时闻，虚空里袅着歌音" | 172 |

| 林徽因 | 《哭三弟恒》——"中国的悲怆永沉在我的心底" | 190 |

| 沈从文 | 《我喜欢你》——"我念诵着《雅歌》来希望你" | 206 |

| 殷夫 | 《别了，哥哥》——"这诗属于别一世界" | 224 |

| 戴望舒 | 《雨巷》——"梦会开出娇妍的花来的" | 240 |

| 卞之琳 | 《无题》——"百转千回都不跟你讲" | 254 |
| 臧克家 | 《春鸟》——"我也有一串生命的歌" | 274 |
| 艾青 | 《大堰河——我的保姆》——"给予这不公道的世界的咒语" | 294 |
| 阿垅 | 《孤岛》——"要开做一枝白色花" | 312 |
| 穆旦 | 《森林之魅——祭胡康河上的白骨》——"留下了英灵化入树干而滋生" | 326 |

胡适:《蝴蝶》

两个黄蝴蝶,

双双飞上天。

不知为什么,

一个忽飞还。

剩下那一个,

孤单怪可怜。

也无心上天,

天上太孤单。

# 胡适:《蝴蝶》

## ——"我们被蝴蝶领到了春天的菜园"

新诗诞生于1917年,是文学革命的第一声号角。

1917年2月号《新青年》上,胡适发表的《白话诗八首》是中国现代新诗的第一声啼叫。

1920年3月胡适的《尝试集》出版。其《白话诗八首》中的《蝴蝶》在《尝试集》中位列第一编第一首,于是就有了"中国第一首白话诗"之称。

可以说,胡适的两只黄蝴蝶把我们领进了新诗的百花园。

胡适(1891—1962),字适之,安徽绩溪人。1917年毕业于美国哥伦比亚大学,获哲学博士学位。回国后任北大教授。1917年1月,胡适在《新青年》上发表《文学改良刍议》,这是第一篇倡导文学革命的文章。

胡适留美时,英美两国正兴起意象派诗歌运动,他从中受到不少启发,从翻译外国诗歌入手,继而试用白话作诗。1920年3月,《尝试集》出版,即是实践其《文学改良刍议》的尝试。

《尝试集》为中国现代文学史上第一部新诗集。其取名，一反陆游"尝试成功自古无"之意，而为"自古成功在尝试"，充分体现了作者敢为天下先的气魄。

《尝试集》在一定程度上反映了五四时期积极进取、昂扬向上的时代精神。但因是新旧交替的历史中间物，因而还带有旧诗词的痕迹"未能脱净文言窠臼""终不能跳出旧诗的范围""实在不过是一些刷洗过的旧诗"（胡适语）。时人称之为"胡适之体"或"放脚体"。若从审美的角度来看，其艺术价值远远低于它的文学史价值。因此，史家认为胡适只是中国新诗难能可贵的开拓者，却不能称为中国新诗真正的奠基人。

当然，这并不是胡适一个人的问题，早期白话诗的作者大都有这个问题。如胡适自己所说："我所知道的'新诗人'，除了会稽周氏兄弟之外，大都是从旧式诗、词、曲里脱胎出来的。"[①]早期白话诗人除胡适和周氏兄弟外，还有沈尹默、刘半农、康白情、刘大白、俞平伯等。他们身上大都带有历史的局限性，都或多或少地留有旧诗词的积习。

---

① 胡适：《谈新诗》，《胡适学术文集·新文学运动》，第390页，中华书局，1993年版。

苛刻地说，以未经加工的现代口语和不成体统的自由诗体，来传达未经浓缩提纯的思想情感，就是对早期白话诗的基本评估。

早期白话诗的不足与它的首倡者胡适有关。出版了《胡适口述自传》的美籍华人学者唐德刚说："严格地说来——正如周策纵先生所分析——胡先生不是个第一流的大诗人，因为胡氏没有做大诗人的禀赋。好的诗人应该是情感多于理智的，而胡氏却适得其反。胡先生一生的文章都清通、明白、笃实，长于'说理'而拙于'抒情'。"著名诗歌理论家吕进则说："早期新诗的主要领潮人胡适不具有充分的诗人气质，也不具有充分的诗学家气质。早期新诗自称'白话诗'，兴奋点只在'白话'，不大在'诗'。"[①]

同时，胡适的诗论也助长了这种风气。例如胡适有以下论诗名言："新文学的语言是白话的，新文学的文体是自由的，是不拘格律的。""有什么话说什么话，话怎么说就怎么写。""押韵乃是音节上最不重要的一件事，至于平仄，也不重要。""不拘格律，不拘平仄，不拘长短；有什么题目，做什么诗；诗该怎么做，就怎么做。"诸如此类的诗论固然对新诗打破束缚、自由抒写有拓荒之功，但若

---

① 吕进：《中国现代诗学》，第5页，重庆出版社，1991年版。

依此去指导新诗创作,却是只见"白话"不见"诗"。

胡适的新诗尝试是与其倡导白话文运动分不开的,是用现代的语言表达现代人思想情感的努力。从这一意义上讲,胡适功不可没。其从形式入手的起步是正确的,为新诗革命找到了一个突破口。但胡适的变革意义仅限于此。在诗歌语体变革的问题上,胡适更着重于白话诗的"白",而忽略了白话诗作为"诗"的本质规定性,忽略了诗歌中使用语言的独特方式。用中国传统诗论的说法,即没有运用"诗家语"。西方著名美学家桑塔耶纳对诗歌的定义是:"诗歌是一种方法与涵义有同样意义的语言;诗歌是一种为了语言,为了语言自身的美的语言。"[①]早期白话诗大多不是"美的语言"。

早期白话诗运动中的许多诗歌,语言是现代的,但不一定是"诗"的。这造成了"非诗化"和"反诗化"的倾向愈演愈烈。随着新诗逐渐站稳脚跟,一些散漫的自由体诗逐渐表现出散乱无章、无节制地感兴泛滥、散文化、诗味稀薄冲淡、忽视诗歌特性的自然流露等种种非诗化倾向,影响了新诗的艺术力量。

当时有一段逸闻说,"鸳鸯蝴蝶派"作家严独鹤访一

---

① 桑塔耶纳:《诗歌的基础和使命》,《西方现代诗论》,第4页,花城出版社,1988年版。

白话诗友人,看见其书桌上有诗《咏石榴花》,诗曰:"越开越红的石榴花,红得不能再红了。"不觉好笑而续之:"越做越白的白话诗,白得不能再白了。"这里所说的"白",即是说早期白话诗缺少"诗味"。

在新诗刚诞生时,俞平伯先生就说"白话诗的难处,正在他的自由上面",可见,"白话诗的难处,不在白话上面,是在诗上面"。[①]

这正是20世纪初中国新诗的难关!在戊戌变法前后的诗歌改良运动中,黄遵宪式的"旧瓶装新酒"被"诗界革命"的失败证明此路不通。新思想、新观念和现代意识不可能被束缚在旧的形式中,文言与格律限制了诗情的表达。鉴于此,早期白话诗运动另起炉灶,"新瓶装新酒"。新瓶,即现代的语言(白话),解放的诗体(不讲诗律);新酒,即新思想、新观念和现代意识。但新酒寡淡味薄,诗意不足。其表现在内容上,一是未经浓缩提纯的现代思想情感,诗兴稀薄;二是现代生活与古典诗词的风花雪月无缘,与传统诗歌中常用意象"诗、酒、花、月、愁"格格不入,想要从纷繁复杂的现代生活中寻求真正的诗情、诗意绝非易事。加之新瓶包装简陋,界面不友好,不招人

---

① 杨匡汉、刘福春编《中国现代诗论》上编,第25页,花城出版社,1985年版。

待见。以形式论，新诗以白话口语入诗、自由的抒写与诗歌的形式美特质有着不可调和的矛盾。这是由于旧诗词使用文言——"惯例化的意象文字"，采用节奏——"乐谱式的文字的排比"形式，即使是言之无物也具有形式美的因素，而这一优势正是新诗所不具备的。早期白话诗的不尽如人意正是这一新旧诗歌嬗替时期不可避免的现象。

不过，我们必须承认，正是胡适从新诗语言形式上的革命为新诗找到了一个突破口。这可以说是一种蝴蝶效应。

蝴蝶效应指的是在一个动态系统中，初始条件的微小变化，将能带动整个系统长期且巨大的链式反应，是一种混沌的现象。对于这个效应最常见的阐述是："一只南美洲亚马孙河流域热带雨林中的蝴蝶，偶尔扇动几下翅膀，可以在两周以后引起美国得克萨斯州的一场龙卷风。"按照蝴蝶效应，事物发展的结果，对初始条件具有极为敏感的依赖性。语言形式上的革命就是新诗的初始条件，运用白话写诗就是那只轻拍翅膀的蝴蝶。

以上对早期白话诗运动的回顾和评价，只是希望给读者朋友打个预防针，不要对早期白话诗的审美价值期待过高，而是要从文学史的角度去理解、去宽容。如下文要赏析的《蝴蝶》：

## 蝴蝶

两个黄蝴蝶，双双飞上天。
不知为什么，一个忽飞还。
剩下那一个，孤单怪可怜。
也无心上天，天上太孤单。

说句大不敬的话，这首诗真如胡适当时的论敌梅光迪所说：像儿时听"莲花落"一样，找不出一点诗味来。

《蝴蝶》写于 1916 年 8 月 23 日，收入《尝试集》，初版时题作《朋友》，是他当时孤寂、苦闷心情的自然流露。后来，胡适回忆起这首诗时说："我……感触到一种寂寞的难受。"（胡适《四十自述》）

那么，这段时间胡适在干什么？究竟是什么情景或事件激发了他的诗情、诗兴呢？

先看胡适自己的说法。胡适是信奉范仲淹"宁鸣而死，不默而生"这句话的。在美留学期间，胡适就是个风云人物。1915 年夏，美国东部中国留学生成立了一个"文学科学研究部"，胡适担任文学委员。在研究部的年会上，他写了篇《如何可使吾国语言易于传授》的文章，指出文言文是一种"半死的语言"，而称白话文是"活的语言"。这就是他日后倡导文学革命、提倡白话文学的初心。当时的一帮朋友如任鸿隽、梅光迪、杨杏佛、唐钺等，都热衷文学，但对提倡白话文的主张持有疑虑，对于胡适写白话诗的试验也多有嘲讽。此时，胡适在中国公学的朋友朱经之也到了美国，他在给胡适的信里直言"白话诗无甚可取"。胡适的主张得不到朋友的支持赞成，感到孤独苦闷，便写下了这首著名的《蝴蝶》。从初版时诗题作《朋友》似乎也可印证胡适的自述。

但就是这首诗味稀薄的诗，却引起了许多学者的考据。

自从有了"梁祝化蝶传说"，"蝴蝶"在中国文化中就含有了爱情的气味。尽管胡适曾经对这首诗的写作背景做过介绍，但是好事者还是不依不饶地阐微发幽，精研覃思，以福尔摩斯探案的精妙推理，提出了《蝴蝶》是一首失恋诗，且另一只"蝴蝶"是韦莲司，或说是陈衡哲。下面分别予以介绍。

韦莲司是另一只蝴蝶的说法：胡适在美国康奈尔大学留学时，结识了教授的女儿韦莲司。在年轻胡适的心中，韦莲司是新女性的理想典范，目之为"女神"。从 1914 年到 1961 年，近 50 年 100 多封通信，也证明韦莲司确是胡适的精神伴侣、红颜知己。但此时的胡适已有婚约在身，而韦莲司的母亲是虔诚的基督教教徒，她对胡适有婚约在身，而且还是异教徒的身份耿耿于怀，对他们的恋爱也持反对态度。1915年胡适与韦莲司的相互吸引达到了顶峰。但1916年年初，韦莲司的母亲给胡适写了一封信，信中流露出了对两人交往的不安之情。也许就是在这种相恋无望的孤独、苦闷中，胡适写下了这首《蝴蝶》。1917年夏，胡适回国，8月任北大教授，12月回安徽绩溪老家和14岁时定亲的江冬秀成婚。从时间上说，韦莲司是另一只蝴蝶说，似乎也有可能。本来希望双栖双飞，却不料棒打鸳鸯，"一个忽飞还"，"剩下那一个，孤单怪可怜"。

陈衡哲是另一只蝴蝶的说法：陈衡哲（1890—1976），笔名"莎菲"，祖籍湖南衡山，1914年考取清华留美学生，赴美后在美国沙瓦女子大学、芝加哥大学学习西洋史、西洋文学，分获学士、硕士学位。陈女士留美期间，胡适正办留学生的杂志，陈衡哲就给他投稿，从实践上支持胡适的新文化运动。陈衡哲当时写了很多白话诗和白话小说，这些白话作品使得胡适感到找到了知己。胡适跟陈衡哲在半年的时间里面，通了四十几封信。不过，横在陈衡哲和胡适之间还有一个人——两人的好朋友——任鸿隽。陈衡哲认识胡适并开始通信，就是任鸿隽牵的线。朋友们都深知任鸿隽对陈衡哲的倾慕，而胡适曾经订过婚也是众所周知的。当时留学生界流行一句话：朋友"友"不可"友"。

同时，陈衡哲也曾对外宣称所谓"不婚主义"。凡此种种，都使胡陈相恋之路步履维艰。后来，胡适不得不回老家与江冬秀办婚事。陈衡哲回国后任北大教授，在1920年和任鸿隽步入婚姻殿堂。这段不了情的留痕便是胡适为自己女儿取名"素斐"，用了陈衡哲笔名"莎菲"的英译名；而陈衡哲则在其小说《洛伊思的问题》中对两人的情愫隐约其词。

古人说："诗无达诂。"接受美学有说法叫"作品一出，作者已死"。即是说作者的初心和思路是一回事，而读者对文本的解读所进行合理的审美延伸、演绎又是另外一回事。见仁见智，究竟另一只蝴蝶是谁，读者自可做主。

但无论怎么说，这两只蝴蝶都与胡适无缘，因胡适已经名草有主。不过，就在胡适大婚之时，他的小表妹——一个15岁的小姑娘，婚礼上的伴娘，在婚宴上的惊鸿一瞥却留下了一段风流韵事。这个小姑娘就是曹诚英。"只是因为在人群中多看了你一眼，再也没能忘掉你容颜。"6年后一个偶然的机会，两人在西湖践行了前世之约。

1923年，胡适来到杭州休养。刚刚离婚的曹诚英仍在杭州女子师范学校念书。他们再次相逢了。浪漫之都，才子佳人，山水含情，你侬我侬。在杭州的这段日子，胡适自称是"我一生最快活的日子"。正是暖风熏得情人醉，直把狮吼当温柔。在"河东狮吼"得知真相时,以理性著称的胡博士竟然壮着胆子向江冬秀提出离婚,其结果便是江冬秀直接提把菜刀,宣言先杀了两个儿子,再自杀。胡博士落荒而逃,离婚之事,永不再提。这样一来,一个"新文化中旧道德的楷模,旧伦理中新思想之师表"(蒋中正题)终于功德圆满。可谁想要这样的虚名啊?盛名之下,其实凄凉。下面这首诗便吐露出了诗人的心声。

**秘魔崖月夜**

依旧是月圆时,
依旧是空山,静夜;
我独自月下归来,——
这凄凉如何能解!

翠微山上的一阵松涛,
惊破了空山的寂静。
山风吹乱了窗纸上的松痕,
吹不散我心头的人影。

1923

只有在诗里，爱情才是美好的，蝴蝶才是永生的！

最后，套用中国当代著名诗人严力的诗句：

诗歌是一只五彩缤纷的蝴蝶

不管追得上追不上

最起码

我们被蝴蝶领到了春天的菜园

历史不会忘记，胡适的两只黄蝴蝶把我们领进了新诗的百花园。

参考资料：
《胡适传》，易竹贤著，湖北人民出版社，2005年版。
《胡适口述自传》，唐德刚译注，广西师范大学出版社，2015年版。
《胡适杂忆》，唐德刚著，广西师范大学出版社，2019年版。

刘半农：《教我如何不想她》

月光恋爱着海洋,

海洋恋爱着月光。

啊!

这般蜜也似的银夜。

教我如何不想她?

# 刘半农：《教我如何不想她》
## ——"教我如何再想他"

上篇文章谈到胡适的《蝴蝶》和早期白话诗运动，曾说过早期白话诗的艺术价值弱于文学史价值，反响平平。不过，万事皆有例外。有一首诗在当时就轰动一时，脍炙人口且历久不衰。

这首诗便是刘半农的《教我如何不想她》。

刘半农（1891—1934），名复，字半农，江苏江阴人。早年参加《新青年》编辑工作，后旅欧留学；1925年回国，任北京大学教授。1934年7月病逝。

关于刘半农在新文化运动中的地位和影响，鲁迅先生在《忆刘半农君》中提到了两件大事，或者称之为"大仗"："他到北京，恐怕是在《新青年》投稿之后，由蔡孑民先生或陈独秀先生去请来的，到了之后，当然更是《新青年》里的一个战士。他活泼，勇敢，很打了几次大仗。譬如罢，答王敬轩的双簧信，'她'字和'它'字的创造，就都是的。

这两件,现在看起来,自然是琐屑得很,但那是十多年前,单是提倡新式标点,就会有一大群人'若丧考妣',恨不得'食肉寝皮'的时候,所以的确是'大仗'。"①

先说"双簧信"。文学革命开展以来,社会反响并不热烈。除林纾公开发表了《论古文之不宜废》一文外,少有反应。而林纾也在陈独秀发文批驳后,不再发声。因为在他看来,所谓"文学革命",不过是赶时髦的一班新人的胡闹,任其自生自灭可矣。反对者无声,响应者也寥寥,如鲁迅说当时的《新青年》诸人:"然而那时仿佛不特没有人来赞同,并且也还没有人来反对,我想,他们许是感到寂寞了"(《呐喊·自序》)。在这种沉闷的气氛中,1918年3月15日出版的《新青年》4卷3号上,发表了钱玄同化名王敬轩写给《新青年》编辑部的一封信。信中以封建卫道士的口吻,把所搜集到的复古守旧派对新文化运动各种无知的攻击和引人发笑的责难一一列出。同期还刊登了署名本社记者刘半农的《复王敬轩书》,以辛辣犀利的笔锋,对所谓"王敬轩"的信逐段进行批驳。刘半农的复信洋洋万言,嬉笑怒骂,痛快淋漓地嘲弄了对新文化运动持反对和不屑态度的守旧文人,逼迫新文化运动的反

---

① 《忆刘半农君》,《鲁迅选集》第六卷,第44页,中国文史出版社,2002年版。

对者恼怒迎战。取名《文学革命之反响》的这两封信，实际上是钱玄同和刘半农事先串通好的，以通信形式刊登在同一期《新青年》上，好似演双簧，故称"双簧信"事件。"双簧信"后，《新青年》又策划了一系列扩大影响的文案，使得文学革命和新文学运动得以轰轰烈烈有声有色地向前推进。

再说"她"字和"它"字的创造。现在，稍有文化常识的人都能正确区分和使用第三人称的"他""她"和"它"。然而，在漫长的文化发展历程中，汉字却没有对第三人称在性别层面上加以区分，也无人称和非人称的区分，而是以"他"字指称一切第三人称。试看鲁迅先生小说中，无论是《阿Q正传》中的"小尼姑"，还是《故乡》里的"豆腐西施"，他都是用"伊"来指称。

那么，从什么时候起，我们才有了"他""她""它"之区分呢？

其首创者就是刘半农。1918年年初，时任北大教授的刘半农，在翻译外国作品的时候，发现英文中He（他）、She（她），甚至It（它），在汉语中只能统一翻译成"他"。于是在和周作人的交流中，他提出用"她"指代女性第三人称、用"它"专指人以外的第三人称的想法。然而，不久他即赴伦敦大学深造，这一想法也搁浅了。后来，周作人在为《新青年》一篇外文翻译写的按语中透露了这一想法。一石激起千层浪,这很快便在文化界引起强烈的反响。刘半农的这一想法得到了新文化运动同人和其他开明人士的支持,而一些持有封建思想的保守人士,则极力反对并撰文加以攻击。双方展开了激烈辩论。1920年6月,身在伦敦的刘半农得知这一情况后,遂写了一篇《"她"》发表在《新青年》上,将自己的想法加以详细论述,指出:一、中国文字中,要不要有一个第三位阴性代词?二、如果真的要,我们能不能用"她"字?同时他还建议第三位的代词,除"她"之外,再取"它"来指代无生物。他的想法很快得到接受过新思想洗礼的学者以及青年学生的强烈支持。1920年8月9日,他又在上海《时事新报·学灯》一栏发表了另一篇题为《"她"字问题》的论述文章,进一步阐述自己的观点。这篇文章发表后,获得了社会的广泛认同,从此,"她"和"它"字便广泛出现在人们的文章和书籍中。

在发表了《"她"字问题》后的第二个月,刘半农创作了《教我如何不想她》这首名诗,正式使用了"她"字,进一步巩固并扩大了这一战果。

## 教我如何不想她

天上飘着些微云,
地上吹着些微风。
啊!
微风吹动了我的头发,
教我如何不想她?

月光恋爱着海洋,
海洋恋爱着月光。
啊!
这般蜜也似的银夜。
教我如何不想她?

水面落花慢慢流,
水底鱼儿慢慢游。
啊!
燕子你说些什么话?
教我如何不想她?

枯树在冷风里摇,

野火在暮色中烧。

啊!

西天还有些儿残霞,

教我如何不想她?

这首诗最初标题为《情歌》,首刊于1923年9月16日北京《晨报副刊》。有人说,这是一首恋诗,是一首写给女友的情歌。但更多的人认为,"她"字在这里代表的是中国,这首诗应该是刘半农在异国他乡思念祖国家乡的心声。有研究者指出:"在诗里,诱发诗人思念情绪的不是异域风物,而是浮云微风,月夜海洋,落花流水,暮色残霞。这些景观,在我国传统诗歌里,常被人用来寄托思亲怀旧的情绪,如浮云游子意,望月思故乡,落花流水故人情等。诗人将它们编织在一起,构成了思念祖国和难忘故旧的缠绵意境。"[①]这段话是很有见地的。

刘半农初到英国时,生活一度相当拮据,日夜思念故国。此时,又参与了国内刊物关于第三人称用字的讨论,一举创造了"她"和"它"字。故国之思、参加新文化运动的激情和对"五四"后中国前景的展望,使刘半农在"她"字里倾

---

① 鲍晶:《刘半农》,载《中国现代作家评传》第一卷,第307—308页,山东教育出版社,1986年版。

注了远远超出单纯情人的意蕴。"她"是情人,是祖国,也是理想。

这首诗之所以能获得成功,首先是因为对传统意象的袭用和对传统诗学的不自觉的继承。诗中的意象多是古典诗歌习用的自然意象,"风""云""月""花""流水""暮色""残霞"等,这些意象对"五四"新旧过渡时代的读者是熟稔的、可亲的;同时,这首诗又继承了中国古典诗词自屈原以来所形成的美人香草传统,以"她"寄寓祖国或理想。写法上,仍是托物起兴或即景生情的手法,避免了早期白话诗直白显露的弊端。其次是因为这首诗是新的:新的诗形,新的思想,新的意境。一、新的诗形:全诗四节,每节五句,诗句参差不齐,每节第三句的"啊"和第五句的"教我如何不想她",回环往复,一唱三叹,造成了一种回荡的旋律,整饬中有灵动。二、新的思想:和传统情诗含蓄委婉、欲说还休的表达方式不同,这首诗诗句直接爽快,如"月光恋爱着海洋,/海洋恋爱着月光"。情人眼里,一切自然景色都是"教我如何不想她"的触媒,都是爱情的催化剂。诗中还频频用感叹词"啊"来直抒胸臆。这和"五四"时代大力倡导婚姻自主、恋爱自由的新风气是分不开的。三、新的意境:虽说是直抒胸臆地抒写爱情,但诗意却不是一览无余,而是含有寓意,"她"的意象里含有多重意蕴，是情人，是祖国，也是理想。尤其需要指出的是，用情人喻指祖国是"五四"时期的新气象。一般说来，谈到"祖国"，大多以"父母之邦"或"母亲"来称呼，但"五四"时代则多用情人来比喻祖国，最显著的例子便是郭沫若写于1920年1—2月间的《炉中煤——眷念祖国的情绪》，诗中把祖国比作"我年轻的女郎"。这些新的时代精神蕴含在"她"的形象中，给这首诗平添了新的意境，使味之者无极，闻之者动心。

当然，不得不说的是，这首诗的成功还在于给"她"插上了音乐的翅膀。1926年，著名的语言学家赵元任为这首脍炙人口的诗歌谱了曲，并把标题改为更像歌曲名称的《教我如何不想她》。从此，"她""乘着歌声的翅膀"飞遍了五湖四海、五洲四洋。套用一句赞柳永词传播之广的"凡有井水处，即能歌柳词"，可以说，凡有华人聚会的地方，便能听到《教我如何不想她》这首动人歌曲。

赵元任（1892—1982），原籍江苏武进（今常州），清朝著名诗人赵翼（瓯北）后人。赵元任的头衔多得数不过来，关于他的传说也传遍江湖。仅说几则吧：他与梁启超、王国维、陈寅恪一起被称为清华"四大导师"。1945年他当选为美国语言学学会主席。美国语言学界有一句话叫"赵先生永远不会错"。这位奇才会说33种汉语方言，精通多国语言，他的最大爱好是到什么地方就用什么地方的方言与人交谈。1946年国民政府教育部部长朱家骅拍电报请他出任南京中央大学校长。他回电："干不了。谢谢！"赵元任被称为"中国语言学之父"。著名音乐教育家萧友梅称赞他"替我国音乐界开一个新纪元"。

赵元任和刘半农情谊甚笃。从20世纪20年代到30年代初，赵元任几乎成了刘半农的专职作曲家。这一阶段，由他谱写的歌曲，歌词大部分是刘半农所作。

关于这首诗，还有一段趣闻。据赵元任夫人杨步伟在她的回忆录《杂记赵家》中的记载，1930年前后，杨步伟在北京女子文理学院任教，她的那些女学生非常爱唱《教我如何不想她》。1930年4月，南京政府教育部任命刘半农为北京女子文理学院院长。5月5日刘半农赴任。不知道是在就职仪式上还是在不久后女子文理学院欢迎新院长和欢送毕业生的全体大会上，刘半农穿了一件中式的蓝布棉袍登台亮相，这和女学生心目中风度翩翩的诗人、留学西洋的教授的形象相距甚远。女学生们偷偷议论："原先听说刘半农是一个很风雅的文人，怎么会是一个土老头？"杨步伟听到了，就告诉这些女学生："你们一天到晚都在唱《教我如何不想她》，就是他写的呀。"女学生哄了起来说："这个人不像么！"后来刘半农听说了这件事，写了四句打油诗自嘲:"教我如何不想他,请来共饮一杯茶。原来如此一老叟,教我如何再想他。"

再爆一个料。刘半农初出道时,在上海文坛与"鸳鸯蝴蝶派"过从甚密,难免受一些影响。初字"半侬",即是"你侬我侬"之意。鲁迅在《忆刘半农君》中说,"几乎有一年多,他没有消失掉从上海带来的才子必有'红袖添香夜读书'的艳福的思想,好容易才给我们骂掉了。"

1934年夏,刘半农与语言研究所同事一起去包头、百灵庙、呼和浩特等地调查方言,不幸染上了猩红热,7月14日病逝于北京,终年43岁。刘半农英年早逝,他死在自己的工作岗位上,以身殉职,虽死犹荣。

生前挚友和曲作者赵元任听闻刘半农逝世,深情地送上挽联:

十载奏双簧无词今后难成曲
数人弱一个教我如何不想他

参考资料:

鲍晶编:《刘半农研究资料》,天津人民出版社,1985年。

鲁迅:《我的失恋》

---

我的所爱在河滨;

想去寻她河水深,

歪头无法泪沾襟。

爱人赠我金表索;

回她什么:发汗药。

从此翻脸不理我,

不知何故兮使我神经衰弱。

# 鲁迅：《我的失恋》

## ——"不知何故兮——由她去罢"

在中国新文坛上，鲁迅的旧体诗创作亦取得了很大的成就。郭沫若说他："偶有所作，每臻绝唱。"虽然他自己说："我以为一切好诗到唐代已被做完，此后倘非能翻出如来掌心之'齐天大圣'，大可不必动手。"（鲁迅，1934年给杨霁云的信）但因其幼承诗教，功底深厚，写起旧体诗来得心应手，已成积习。

当然，作为新文化运动的主将之一，鲁迅"也做了几首新诗"。"只因为那时诗坛寂寞，所以打打边鼓，凑些热闹；待到称为诗人的一出现，就洗手不作了。"（《集外集·序言》）鲁迅的新诗是为新文化运动呐喊助威的。不同于同时的早期白话诗人，鲁迅的诗作完全摆脱了旧诗词的腔调，用非常散文化的诗句，表达对新思想、新生活的追求。

鲁迅（1881—1936），原名周樟寿，后改名周树人，字豫才，浙江绍兴人，文学家、思想家和革命家。

鲁迅"五四"时期的新诗全部发表在《新青年》上，计有《梦》《爱之神》《桃花》《他们的花园》《人与时》和

《他》6首。这些诗,现在已很少被人提及。倒是收在散文诗集《野草》中的一首诗,因其幽默诙谐的诗风而引起读者的极大兴趣,这便是《我的失恋》:

**我的失恋**
**——拟古的新打油诗**

　　我的所爱在山腰;
想去寻她山太高,
低头无法泪沾袍。
爱人赠我百蝶巾;
回她什么:猫头鹰。
从此翻脸不理我,
不知何故兮使我心惊。

　　我的所爱在闹市;
想去寻她人拥挤,
仰头无法泪沾耳。
爱人赠我双燕图;
回她什么:冰糖壶卢。
从此翻脸不理我,

不知何故兮使我胡涂。

  我的所爱在河滨；
想去寻她河水深，
歪头无法泪沾襟。
爱人赠我金表索；
回她什么：发汗药。
从此翻脸不理我，
不知何故兮使我神经衰弱。

  我的所爱在豪家；
想去寻她兮没有汽车，
摇头无法泪如麻。
爱人赠我玫瑰花；
回她什么：赤练蛇。
从此翻脸不理我。
不知何故兮——由她去罢。

这首诗创作于1924年10月3日，最初发表于1924年12月8日《语丝》周刊第4期，后收入散文诗集《野草》。

关于这首诗的创作动机，鲁迅在《野草·英文译本》

序中说:"因为讽刺当时盛行的失恋诗,作《我的失恋》。"在《三闲集·我和〈语丝〉的始终》中又进一步说:"不过是三段打油诗,题作《我的失恋》,是看见当时'阿呀阿唷,我要死了'之类的失恋诗盛行,故意做一首用'由她去罢'收场的东西,开开玩笑的。这诗后来又添了一段,登在《语丝》上,再后来就收在《野草》中。"

鲁迅并不反对写爱情诗。他自己就曾写过一首《爱之神》,以罗马神话传说中的盲目的小爱神丘比特作喻,暗示爱情是没理由的,是人的天性,是躲不过的,因而主张"你要是爱谁,就没命的去爱他"。鲁迅所不满的只是那些流行的"哎呀,我要死了"的失恋诗。

"五四"是个性解放的时代,婚姻自主、恋爱自由的呼声响彻云霄。当时的文学刊物上,有关家庭、婚姻、爱情的作品占十之八九。"五四"新诗中也以爱情诗为最多。不过,由于新旧交替时期浓重的黑暗,在现实生活中,年轻人的爱情往往不能如愿,悲剧多于喜剧。因而"五四"爱情诗的整体审美基调是伤感哀怨的。在许多失恋诗中,"寂寞""伤心""泪珠""哀歌""愁海"等字眼触目可见。确如饶孟侃所说:"差不多现在写过新诗的人,没有一个人没有染上一点感伤的余味。"[1] 感伤主义泛滥是当时诗

---

[1] 饶孟侃:《感伤主义与创造社》,《诗镌》周刊,第11号。

坛的一大特点。

这首诗的副标题是"拟古的新打油诗"。拟的是东汉天文学家、文学家张衡的《四愁诗》。张衡原诗分四节，每节以"我所思兮……"开始，以"何为怀忧……"作结，分别列举东西南北各具代表性的地名，表达诗人四处寻找美人而不可得的惆怅忧伤的心情。诗歌运用美人香草的比兴手法和《诗经》回环重叠、反复咏叹的旋律，抒发了对时政的忧虑和对国事民瘼的关心。

鲁迅仿拟张衡的《四愁诗》格式。诗分四节，每节都以"我的所爱在……"开始，以"不知何故兮……"作结。作者选取了几个求爱的典型事例，运用排比叠段的表现手法，从不同角度概述了"我"失恋的原因及经过，幽默诙谐，讽刺辛辣。

戏谑的口吻、不相称的情侣、犯冲的意象、排比复沓的诗句串联起了这首诗。"百蝶巾"与"猫头鹰"，"双燕图"与"冰糖壶卢"，"金表索"与"发汗药"，"玫瑰花"与"赤练蛇"，这四组主要意象浑不吝地错位搭配，所构成的整个画面太"违和"、太搞笑，使人忍俊不禁。排比重叠的"泪沾袍""泪沾耳""泪沾襟""泪如麻"也使读者联想起那些充斥着"泪水""泪珠""泪痕""泪海"的失恋诗，禁不住莞尔而笑。

西方文艺复兴时期，塞万提斯戏仿骑士文学，创作了小说《堂吉诃德》，其目的是讽刺当时西班牙盛极一时而不切实际的阅读骑士文学的社会风气，铲除骑士文学的影响。此书一出，骑士文学销声匿迹。鲁迅所仿拟的不仅仅是张衡的《四愁诗》，还是对当时风行的失恋诗的戏仿，其讽刺的对象是显见的。鲁迅的戏仿之作，犹如一面哈哈镜，映射出了许多无病呻吟的失恋诗的无聊与可笑，此诗一出，一扫颓风。《我的失恋》的发表对于感伤主义爱情诗的泛滥不啻有秋风落叶之效。

鲁迅的好友许寿裳在《鲁迅的游戏文章》一文中对诗中的有关意象做了说明："这诗挖苦当时那些'阿唷！我活不了啰，失了主宰了！'之类的失恋诗的盛行……阅读者多以为信口胡诌，觉得有趣而已，殊不知猫头鹰是他自己所钟爱的，冰糖壶卢是爱吃的，发汗药是常用的，赤练蛇也是爱看的。还是一本正经，没有什么做作。"[①]

许多研究者牵强附会地试图挖掘这几种意象的微言大义。其实这几种意象并无深意。鲁迅只不过把自己喜爱的或习见的物品信手拈来写入诗里，便似有深意，恰到好处，且妙趣横生。鲁迅就有这样的本领，他似乎不需要

---

① 许寿裳：《鲁迅传》，第155页，东方出版社，2009年版。

刻意去提炼或选取意象，而是顺手拈来，自通神灵般地便传达出了他要表达的意蕴。试看散文诗《秋夜》，那枣树、夜空、园里的花草、小粉红花、小青虫等意象都是秋夜园中和室内所见所闻的实景，但一到先生笔下，便又都含有丰富的寓意，带有象征色彩。

那么，鲁迅创作《我的失恋》是否具体有所指呢？

有一种说法，《我的失恋》虽然是针对当时盛行的失恋诗，但直接导因是徐志摩与林徽因的爱情纠葛。这一说法据称源于孙伏园先生的回忆。据说，鲁迅创作《我的失恋》时，孙伏园正在编《晨报副刊》，收到作品后就立即发排。但出刊的前一晚，孙伏园到报馆去看大样，发现这篇作品已被代总编辑刘勉己抽下来了。孙伏园认为，刘勉己是徐志摩的同乡和朋友，撤下这篇作品可能是认为《我的失恋》是针对徐志摩和林徽因的恋情的，刘勉己为好友讳饰，故而撤下文稿。

这一说法有些牵强。孙对刘撤稿的动机只是猜测：怀疑刘认为《我的失恋》是影射徐林恋情，故而撤稿。但《我的失恋》中并无任何诗句可以使人联想到徐志摩。徐志摩在1924年10月之前公开发表的诗作中，似乎也并没有"阿呀阿唷，我要死了"之类的句子，刘勉己何以便认为是针对徐志摩的？另外，据当时的舆论看，并没有人认为徐志摩追求林徽因是高攀，也不存在穷小子觊觎豪家的说法。再说，鲁迅与"新月派"及徐志摩素不相识，以他"论时事不留面子，贬痼弊常取类型"的作风，如果是针对徐志摩，他是不会含糊其辞的。

另一位研究者则从意象入手，论证《我的失恋》是针对徐志摩的，说诗中的意象"有深意存乎其间"。他阐发说："爱人"既然是豪门巨室的"千金小姐"，所赠当然都是华美精巧的礼品，如"百蝶巾""双燕图""金表索""玫瑰花"之类。徐志摩比较寒酸，献不出奇珍异宝，只能羞答答地报之以自作的诗文：一是猫头鹰，暗指所作的散文《济慈的夜莺歌》；二曰冰糖壶卢，暗指所作题为《冰糖壶卢》的二联诗；三曰发汗药，是从徐与人论争时的骂人之语抽绎出来的，说"你头脑发热，给你两粒阿司匹灵清醒清醒吧"；四曰赤练蛇，是从徐某篇文章提到希腊神话中人首蛇身的女妖引申出来。总之，认为四个"回她什么"的意象，个个都是有来历，绝非向壁虚造。

这一"钩沉稽古，发微抉隐"之功夫，貌似深奥，甚是唬人。不过，先认定"有深意存乎其间"，再圈定嫌疑人徐志摩开展搜查工作，徐志摩写了那么多文字，总有扯得上关联的。这样的"锻炼"文法正是鲁迅所批判的。其实，这几个意象许寿裳先生已经讲得很清楚，"没有什么做作"。

以上《我的失恋》实有所指的说法不可确信,聊备一说吧。

其实,对于文学作品,尤其是诗歌的解读,宜虚不宜实,宜宽不宜窄。坐实了便限制了读者的想象,缩小了作品的意义。就如这首诗,如果坐实了,便是个人恩怨。这就误会了作者的动机,贬低了这首诗对文坛拨乱反正、纠正弊风的重要作用。尽管鲁迅先生说是"开开玩笑",但是他的创作意图是严肃的。他所采用的戏拟手法很好地实现了这一创作意图。

当然,从这首诗的创作,我们也看到了一个活泼幽默、充满情趣的鲁迅。与传统教科书中给我们的印象不同,鲁迅先生并不是一天到晚板面孔,而是非常诙谐、幽默、随便、喜欢开玩笑。

再介绍一篇鲁迅"开开玩笑"之作。那就是收在《二心集》里的文章《唐朝的钉梢》。这回不是戏拟,而是白话译诗。译的是五代南唐张泌的《浣溪沙》调10首中的第9首。原诗如下:

### 浣溪沙

晚逐香车入凤城,东风斜揭绣帘轻,慢回娇眼笑盈盈。

消息未通何计是,便须佯醉且随行,依稀闻道"太狂生"。

鲁迅读得兴起,就以上海十里洋场的风味给翻译成了现代白话诗:

夜赶洋车路上飞,
东风吹起印度绸衫子,显出腿儿肥,
乱丢俏眼笑迷迷。
难以扳谈有什么法子呢?
只能带着油腔滑调且钉梢,
好像听得骂道"杀千刀!"

参考资料:
《鲁迅选集》,中国文史出版社,2002年版。
陈漱渝:《鲁迅写〈我的失恋〉为讽当时盛行的失恋诗》,中国网(china.com.cn),2009年9月11日。

周作人：《过去的生命》

---

这过去的我的三个月的生命,

哪里去了?

没有了,

永远地走过去了!

我亲自听见他沉沉地缓缓地

一步一步地,

在我床头走过去了。

# 周作人:《过去的生命》

## ——"没有了,永远地走过去了!"

诗云:"东有启明,西有长庚。"(《诗经·小雅·大东》)启明和长庚都是指金星。金星非常明亮,它有时是晨星,比太阳更早升起,被称为"启明";有时是昏星,比太阳晚一些下山,被称为"长庚"。

周作人字启明,鲁迅字长庚,在"五四"新文化运动中,周氏兄弟像两颗金星一起辉耀在文学的天空。不过在当时,周作人的名气似乎比鲁迅还要大一些。显著的例证便是:"五四"时毛泽东遍访京华名流,就曾于1920年4月7日亲自登门拜访周作人,讨论新村主义等问题,但却与鲁迅缘悭一面。这是因为,鲁迅主要是作家,周作人则兼具文艺理论家的身份。他是"五四"时期最有影响的理论先导者和批评家。他用"人的文学"来概括新文学的内容,标示新文学与旧文学的本质区别。他提倡"人的文学""平民文学",主张"为人生的文学",对文学革命的推进起到很大的作用。如果说鲁迅主要是以他振聋发聩的《呐喊》、以他的文学实绩来引领文学大潮,那么,周作人则不仅在散文领域提倡美文,垦殖"自己的园地",还在理论上多有建树,以他高屋建瓴的文学理论指导新文学创作,指明新文学的发展方向。

在新诗创作方面,如同在整个文学革命时期,周作人和鲁迅也是并肩作战的。他们创作新诗的目的很明确,就是为新文学呐喊助威。鲁迅自云"打打边鼓",周作人则说"帮一手"。周氏兄弟在新诗创作中的业绩,如同胡适所说:"我所知道的'新诗人',除了会稽周氏兄弟之外,大都是从旧式诗、词、曲里脱胎出来的。"[①]不同于同时期的早期白话诗人,周氏兄弟的诗作完全摆脱了旧诗词的腔调,用非常散文化的诗句,表达对新思想新生活的追求。

周作人的新诗创作一起手就不同凡响。1919年2月出版的《新青年》6卷2号上,发表了他的第一首新诗《小河》。这首诗被胡适称为"新诗中的第一首杰作"(《谈新

---

① 胡适:《谈新诗》,《胡适学术文集·新文学运动》,第390页,中华书局,1993年版。

诗》)。

> 一条小河,稳稳的向前流动。
> 经过的地方,两面全是乌黑的土;
> 生满了红的花,碧绿的叶,黄的果实。
> 一个农夫背了锄来,在小河中间筑起一道堰……

接下来写农夫筑堰带来的后果。"只是想流动"的水,"还只是乱转"的水。

> 小河的水是我的好朋友;
> 他曾经稳稳的流过我面前,
> 我对他点头,他向我微笑。
> 我愿他能够放出了石堰,
> 仍然稳稳的流着,
> 向我们微笑;
> 曲曲折折的尽量向前流着,
> 经过的两面地方,都变成一片锦绣。
> 他本是我的好朋友,
> 只怕他如今不认识我了……

第二节写沿河而生的水稻、桑树、水草等与水的对话,希望他能重获自由,摆脱"石堰",奔向"锦绣"。

> 水只在堰前乱转;
> 坚固的石堰,还是一毫不摇动。
> 筑堰的人,不知到哪里去了。

最后,诗人把一个未了的忧伤的结局留给了读者。

诗人说:"唯忧生悯乱,正是人之常情。"诗人生于江南,长于水乡,深知"水能载舟,亦能覆舟"的道理。"至于内容那实在是很旧的,假如说明了的时候,简直可以说这是新诗人所大抵不肖为的,一句话就是那种古老的忧惧。"周作人的解释,可以看作是本诗的主旨吧。

《小河》是一首完全摆脱了旧诗格律的自由体新诗。"周作人的这首长诗,形式上是完全新颖的,语言完全口语化,而内容是寓言式的,能使人引起种种联想,有的联想,甚至远远超过作者的原意。"[1]倪墨炎先生如是说。

如果说《小河》表达的是"古老的忧惧",那么《过去的生命》就是慨叹人生的短暂和时光的流逝。

---

[1] 倪墨炎:《苦雨斋主人周作人》,第102页,上海人民出版社,2003年版。

## 过去的生命

这过去的我的三个月的生命,哪里去了?
没有了,永远的走过去了!
我亲自听见他沉沉的缓缓的一步一步的,
在我床头走过去了。
我坐起来,拿了一枝笔,在纸上乱点,
想将他按在纸上,留下一些痕迹,——
但是一行也不能写,
一行也不能写。
我仍是睡在床上,
亲自听见他沉沉的他缓缓的,一步一步的,
在我床头走过去了。

四月四日在病院中

一个人在卧病的百无聊赖又无可如何之时,才能深切感觉到时间的流逝吧。这首诗和朱自清的散文《匆匆》有异曲同工之妙。只不过朱自清写的是日常,周作人则是写于病中。"洗手的时候,日子从水盆里过去;吃饭的时候,日子从饭碗里过去;默默时,便从凝然的双眼前过去。我觉察他去的匆匆了,伸出手遮挽时,他又从遮挽着的手边过去,天黑时,我躺在床上,他便伶伶俐俐地从我身上跨过,从我脚边飞去了。等我睁开眼和太阳再见,这算又溜走了一日。我掩着面叹息。但是新来的日子的影儿又开始在叹息里闪过了。"(《匆匆》)朱自清还有一首小诗,写于1921年岁末:"除夜的两枝摇摇的白烛光里,/我眼睁睁瞅着,/一九二一年轻轻的踅过去了。"

周、朱二人对时间的描述都是把抽象的时间具象化、拟人化,"他"似有形又似无形,似可闻又似不可闻。说时间是虚无的,它来无影去无踪;说时间是实有的,日历上的三个月不是一页一页地撕去了吗?它"沉沉""缓缓"、不留痕迹地过去了。你永远捕捉不到它。"我坐起来,拿了一枝笔,在纸上乱点,/想将他按在纸上,留下一些痕迹,——/但是一行也不能写,/一行也不能写。"这既可看作是实情——躺在病床上不能写作,不能工作;也可看作是寓意——岁月无痕,一切皆空。"最是人间留不住,朱颜辞镜花辞树。"(王国维《蝶恋花》)

多年以后,当周作人谈起自己这场大病,谈起这首病中吟诗,他说:"当时说给鲁迅听了,他便低声的慢慢的读,仿佛真觉得东西在走过去了的样子,这情形还是宛然如在目前。"隔着几十年的风风雨雨恩怨情仇回头看,他的口气仍是那样的平和冲淡,波澜不惊,却言浅意深,余音袅袅。谁也说不清，知堂老人的回忆里究竟藏有多少烟雨风云、情天恨海。

他或许是想起了这个长他 4 岁的大哥在病中对他的照顾。

他或许想起了和长兄在绍兴新台门内三味书屋的趣事。

他或许想起了随长兄在日本求学，一起翻译出版《域外小说集》，一起随章太炎先生学小学（研究文字训诂、音韵方面的学问）的辰光。

他或许想起了新文化运动中兄弟同心，互为犄角之势；女师大风潮、三一八惨案中的同仇敌忾。

…………

他怎么也想不到，那句"东有启明，西有长庚，永不相见"的话，竟在自己兄弟身上成了事实。

1923 年 7 月 19 日，周作人亲自给兄长送过来一封绝交信："鲁迅先生：我昨日才知道，——但过去的事不必再说了。我不是基督徒，却幸而尚能担受得起，也不想责难，——大家都是可怜的人间。我以前的蔷薇的梦原来都是虚幻，现在所见的或者才是真的人生。我想订正我的思想，重新入新的生活。以后请不要再到后边院子里来，没有别的话。愿你安心，自重。七月十八日，作人。"

"此情可待成追忆，只是当时已惘然。"

从兄弟怡怡到形同陌路，其中究竟发生了什么？

关于兄弟失和的原因，流传最广的有这几种说法。

一、经济纠纷说。周家的人：母亲鲁瑞、三弟周建人都持这种说法。周作人的日本妻子羽太信子一直是周家的持家人，但她花钱阔绰，不知节俭，虽说周作人和鲁迅赚的钱已不算少，但也难以支撑一大家子人（当时还有三弟周建人一家）的生活，每次家里入不敷出，都是鲁迅出门举债。许广平在《鲁迅回忆录》中转述鲁迅的话："他们一有钱又往日本商店买东西去了，不管是否急需，都买它一大批，食的、用的、玩的，从腌萝卜到玩具，所以很快就花光了。又诉说没有钱用了，又得借债度日。"鲁迅说，自己借钱坐黄包车从前门进来，敌不过羽太信子用汽车从后门去花掉，孩子们有病，羽太信子总是去日本人开的医院，或者请德国医生。羽太信子大手大脚花钱，引起鲁迅不满，羽太信子遂挑唆周作人致使兄弟反目。鲁迅和周作人属于高收入阶层，兄弟二人的工薪收入加起来有600大洋左右，还不算稿费收入。但是要养活八道湾近20口人（13个家人加上几个佣人），加之羽太信子挥霍无度也难免会捉襟见肘。

二、非礼说。这是羽太信子对鲁迅的指责。川岛（北大教授章廷谦）曾经对鲁迅博物馆的工作人员说："事情的起因可能是，周作人的老婆造谣说鲁迅调戏她。周作人的老婆对我还说过:鲁迅在他们的卧室窗下听窗。这是不可能的事,因为窗下种满了花木。"①舒芜在《忆台静农先生》一文中说,台静农曾经对他说起过兄弟失和的起因。"周作人在北京西山养病时,鲁迅替周作人卖一部书稿,稿费收到了,鲁迅很高兴,想着羽太信子也正着急,连夜到后院去通知羽太信子,不料后来羽太信子对周作人说鲁迅连夜进来,意图非礼,周作人居然信了。"②我觉得台静农的说法接近于事情真相。让我们还原一下当时的情景:其时周作人在西山养病,鲁迅为了筹措医药费用忙得焦头烂额,忽然有一笔钱款到手,自然是要第一时间告诉同样处于焦虑中,且患有歇斯底里病症的羽太信子,让她可以睡个好觉。此时的羽太信子是否在洗澡或已躺下,不得而知。所谓关心则乱,鲁迅当时可能没有顾及这一点,无意中撞见了,这才引起羽太信子向周作人告状的事。

三、文化误解说。这是张铁荣先生的看法。这一看法并没有新的材料,而是运用文化差异学说从现有材料分析而来。大意是说:由于羽太信子身份的特殊,她是日本女性,又是中国媳妇,她身上就有了两种文化的自我认知。鲁迅留日多年,熟知日本文化,以日本人的文化来对待羽太信

---

① 见《鲁迅研究动态》,1985年第5期。
② 见《新文学史料》,1991年第2期。

子，有可能在羽太信子洗澡时，忙不迭地就告诉了她得到书款的事（国门打开以后，日本男女混浴的民间习俗早已为大家熟知，此不赘言）。而羽太信子嫁到中国多年，在一个大家庭里做主妇，她不得不按照中国人的习俗来待人接物，何况这个大家庭里还有鲁老太太和鲁迅的原配朱安女士。通过鲁迅和朱安的不幸婚姻，她当然知道这个大家庭的规矩。她以中国传统家庭的弟媳与大伯哥的礼仪规矩来要求鲁迅似也无可厚非。如此一来，误解便造成了。加之后来羽太信子癔症发作，在歇斯底里病态中难免夸大其词或把臆想当事实。当然，经济上的原因也起到了推波助澜的作用。

其实，对兄弟失和负有不可推卸责任的当然是周作人。虽然我们看周作人的文章是那样的清明，但他在家庭生活中却有些昏庸。鲁迅就曾说过启明的"昏"。那么，为什么周作人在这个问题上就轻信了羽太信子的话，没有深入地思考文化差异的问题呢？说到底也是关心则乱。羽太信子患有歇斯底里病，周作人性格软弱，据说羽太信子一犯病，他就服软，久而久之成了习惯，羽太信子是不达目的绝不罢休，周作人在宠惯了的妻子和宽容自己的兄长之间，只有牺牲兄长以成全夫妻和小家。其实说到底，大家庭生活中埋伏有许多不可避免的激流险滩或定时炸弹，总会翻船或引爆,谁背负的历史包袱重,谁恪守孝悌的传统,谁受伤害最深。兄弟反目对鲁迅的伤害是很深的。在散文诗集《野草》中,在被称为鲁迅唯一的一篇爱情小说《伤逝》中,都隐约透露出难以言说的情愫。鲁迅曾用过一个"宴之敖者"的笔名。鲁迅解释说:"宴从宀(家),从日,从女;敖从出,从放;我是被家里的日本女人赶出来的。"其中包含多少无奈、痛苦和酸楚。

关于文坛上两颗大星的兄弟失和,当时在文化界就引起了人们的关注,后来又有许多研究者沉迷其中。也许,在人们的潜意识里,兄弟失和与周作人的另一"失"——失节——有着某些关联吧。人们不禁会揣测,如果两兄弟把兄弟怡怡贯彻始终,周作人在抗战时期会不会附逆失节?

1937年,卢沟桥事变爆发后,北京大学撤离北平,周作人并未随校南下。7月29日,日军攻占北平城。远在英国伦敦的胡适先生担心周作人的安危,寄信问候,并附了一首白话诗:

藏晖先生昨夜作一梦,
梦见苦雨庵中吃茶的老僧。
忽然放下茶盅出门去,
飘萧一杖天南行。

天南万里岂不大辛苦？
只为智者识得重与轻。——
醒来我自披衣开窗坐，
谁人知我此时一点相思情！

胡适通过写梦境里的苦雨庵主飘萧南下，规劝周作人要"识得重与轻"，早日离开危城，不要辜负了自己的"相思情"。周作人则回复道："老僧始终是个老僧，希望将来见得居士的面。"这是向胡适承诺，自己将守住底线，不当汉奸，两人会有坦然相见的一天。刚从日本回国的郭沫若也写了《国难声中怀知堂》一文，文章首先肯定了周作人的文坛地位："近年来能够在文化界树一风格，撑得起来，对于国际友人可以分庭抗礼，替我们民族争得几分人格的人，并没有好几个。而我们的知堂是这没有好几个中的特出一头地者……"郭沫若还引用《诗经·秦风·黄鸟》中的诗句"如可赎兮，人百其身"说："知堂如真的可以飞到南边来，比如就像我这样的人，为了掉换他，就死上几千百个都是不算一回事的。"自胡适、郭沫若起，无论左翼、右翼的爱国的文化人都一致地希望周作人早日脱离危城，早早南来。而周作人此后的举动，则令所有中国人大失所望。1938年2月9日，周作人出席了有日本军方背景的所谓"更生中国文化建设座谈会"。虽然没有讲话，但出席座谈会本身就表明了他与日本军方合作的姿态。消息传出后，舆论大哗，文化界人士纷纷通电谴责。5月14日，《抗战文艺》发表了茅盾、郁达夫、老舍、冯乃超、胡风、张天翼、丁玲等18人《给周作人的一封公开信》，指出周作人此举"实系背叛民族，屈膝事仇之恨事，凡我文艺界同人无一人不为先生惜，亦无一人不以此为耻"。诗人艾青则以《忏悔吧，周作人》为题，写诗痛斥："周作人／在祖国艰苦地战斗着的时候／叛变了……／周作人／你不能想一想你所走过来的路么／你曾维护过德谟克拉西／你曾抨击过北洋军阀的政府／你曾无畏地走在思想斗争的最前面／——中国的青年／不曾忘记你的名字／……忏悔吧，周作人！"

周作人一失足成千古恨。至此，文化汉奸的名号便烙印在这张貌似自处超然、处人蔼然的文人的脸上。

周作人忏悔吗？看了周作人的自辩和许多为周作人辩护的文字，可以相信，他确是受北大校长蒋梦麟之托看守校产，他也不负使命保护了校产；他也确曾三番五次拒绝过伪政府和学校的聘书，但在刺杀事件中逃过一命后，他不再拒绝日本人的邀请了。为了保存性命，也为了留在北平的一大家子的生计，他丧失了底线，堕落成一个民族罪人。他的后半生，坐牢，申辩，为自己正名，心力交瘁。

对于周作人的自辩和其他为其辩护的文章，我只想转述梁从诫的回忆。1946年，梁从诫问母亲："如果当时日本人真的打进四川，你们打算怎么办？"林徽因略有所思之后说："中国念书人总还有一条后路嘛，我们家门口不就是扬子江吗？"

每个人的生命都是自己一步一步地走过去的！

参考资料：

张铁荣：《周氏兄弟失和原因新探》，见《中华读书报》2016年8月3日，第5版。

郭沫若:《瓶》

———

啊,可惜我还不曾把信看完,
意外的欢娱惊启了我的梦眼:
　我醒来向我的四周看时,
　一个破了的花瓶倒在墓前。

# 郭沫若:《瓶》
## ——"一个破了的花瓶倒在墓前"

Venus

我把你这张爱嘴,
比成着一个酒杯。
喝不尽的葡萄美酒,
会使我时常沈醉。

我把你这对乳头,
比成着两座坟墓。
我们俩睡在墓中,
血液儿化成甘露!

如果要论中国现代新诗史上最早的新诗,可能要数上面这首《Venus》(venus 即维纳斯)了。诗的作者是郭沫若。在日本冈山第六高等学校学习期间,郭沫若接近了泰戈尔、海涅的诗,尤其是海涅的爱情诗给了他许多启迪。1916 年与 1917 年间,热恋中的郭沫若为佐藤富子(郭安娜)写了《Venus》《新月与白云》《死的诱惑》等新诗。这些新诗多是缠绵悱恻的爱情诗。由于这些新诗当时没有在国内发表，未能影响国内文坛，但从时间上说，比《新青年》第一次登出的白话诗要早，从形式上也比早期白话诗要自由。

郭沫若（1892—1978），原名郭开贞，号尚武，四川乐山人，诗人、剧作家、历史学家、古文字学家。

这里需要介绍一下郭沫若的婚姻状况。1912年，郭沫若受父母之命媒妁之言回乡和张琼华完婚。郭沫若在成都读书时家里给他订了一门亲。家信说，远房叔母做的媒，叔母亲自看过，女方人品好，在读书，又是"天足"，门当户对。新婚时才发现对方是个小脚女人，没文化，且长相不尽如人意。失望至极的郭沫若婚后不久就抛下新婚妻子，去成都继续学业。1913年年底，他走出国门，远赴日本留学。1916年夏，他在东京和佐藤富子偶遇，很快便书信往来，闪电般地恋爱了。到了12月，安娜就不顾家庭"破门"的处分，孑然一身来到冈山和郭沫若同居。正是和安娜的恋爱，催动了郭沫若诗歌创作的觉醒期。

五四运动后，1919年的下半年和1920年的上半年，郭沫若迎来了诗的创作爆发期，他的诗集《女神》中的名篇大多写于这一时期。

1921年4月，郭沫若从日本回国——那《女神》中他朝思暮想的祖国，那诗篇中新生的美好的中国。然而，当他踏上国土,却深切地感受到幻灭的悲哀,理想与现实的巨大反差使他震惊、失望。从1921年到1922年,郭沫若曾三次回国。目睹了国内的黑暗现实后,他对"五四"后祖国新生的憧憬以及报效祖国的壮志陡然归于破灭。

在《上海文艺之一瞥》中,鲁迅曾批评过这种小资产阶级的狂热性和动摇性:"激烈得快的,也平和得快,甚至于也颓废得快。"(《二心集》)1923年,郭沫若出版了《星空》,诗集中的34首诗均写于1921年10月至1923年10月。他1928年出版的《前茅》,共收23首诗,其中大部分写于1923年。他1927年出版的《瓶》,是写于1925年1—3月的爱情诗集。这三部诗集便记录了郭沫若由激越昂扬到低回彷徨、由波峰跌入波谷的思想轨迹。

1923年4月,郭沫若从日本九州帝国大学医学部一毕业,便带着郭安娜和三个儿子回国,居住在上海。由于曾患肠伤寒导致耳聋,郭沫若不能从医,只得卖文为生,日子过得非常窘迫。不得已,他又和妻儿先后返回日本。1924年夏秋之际,在日本,郭沫若翻译了日本经济学家河上肇的《社会组织与社会革命》一书。1924年11月,郭沫若带着妻儿重返上海。不久,他有了教职,生活暂时稳定下来,尽管还是生计艰辛。

这时,在他穷愁潦倒无聊乏味的生活中,突然升起了一道炫目的彩虹。阿英《中国新文坛秘录》里说：1925年正月的一天，郭沫若突然接到一封来自浙江的署名"余抱节"的书信。信里邀约他在月圆之夜到西湖上的孤山相会。信的文句和顺，字迹娟秀，并注明如有回函请寄杭州某某女校余猗筠小姐转。郭沫若自小便喜读《西湖佳话》这一类的书，这一回自己也能做一回《西湖佳话》里的主人公了，他岂可坐失良机？但丢下不懂中文的、即将临产的安娜和三个孩子，仅凭一封莫名其妙的书信就跑到西湖去和一个年轻女子幽会，合适吗？犹豫再三，他向安娜坦白了这封信，出乎意料的是安娜竟劝他赴孤山之约。理由是：不要辜负了佳人的一片美意；另外，到西湖找找灵感，回来还可以写出一两篇文章，岂不是一举两得？得到安娜的首肯，郭沫若如释重负。就这样，带着绮丽的遐思和玫瑰色的梦幻，郭沫若上了去杭州的火车。到了杭州，郭沫若找到了信里指定的临湖的旅馆。一查住宿记录，并没有一个叫"余抱节"的旅客，又打电话到某某女校询问，得到的答复是本校并没有一个叫"余猗筠"的女士。这一夜在小旅馆，郭沫若"求之不得，寤寐思服。优哉游哉，辗转反侧"。第二天他便回到了上海。回上海不久，又接到了信件，信中细数了他住的房间、睡的靠窗的床铺，他如何彻夜难眠等。郭沫若这才知道，原来这是一场恶作剧！不过，这场未遂的艳遇却触发了郭沫若的灵感,滋润了郭沫若久已干涸的诗情,脍炙人口的爱情组诗《瓶》就这样诞生了!

正如艾米莉·狄金森的诗:"造一个草原/要一株苜蓿加一只蜜蜂/一株苜蓿/一只蜜蜂/再加一个梦/要是蜜蜂少/光靠梦也成"。这有点像朱自清评说徐志摩的话:"他的情诗,为爱情而咏爱情:不一定是实生活的表现,只是想象着自己保举自己作情人,如西方诗家一样。"

但是,读者好像不认可这是一个虚构的白日梦,因为第一节的细节描写好像不是凭空而来的。

**瓶**

**第一首**

静静地,静静地,闭上我的眼睛,
把她的模样儿慢慢地,慢慢地记省——
她的发辫上有一个琥珀的别针,
几颗璀璨的钻珠儿在那针上反映。

她的额沿上蓄着有刘海几分,
总爱俯视的眼睛不肯十分看人。

她的脸色呀，是的，是白皙而丰润，
可她那模样儿呀，我总记不分明。

我们同立过放鹤亭畔的梅荫，
我们又同饮过抱朴庐内的芳茗。
宝叔山上的崖石过于嶙峋，
我还牵持过她那凝脂的手颈。

她披的是深蓝色的绒线披巾，
有好几次被牵挂着不易进行，
我还幻想过，是那些痴情的荒荆，
扭着她，想和她常常亲近。

啊，我怎么总把她记不分明！
她那蜀锦的上衣，青罗的短裙，
碧绿的绒线鞋儿上着耳根，
这些都还在我如镜的脑中驰骋。

我们也同望过宝叔塔上的白云，
白云飞驰，好象是塔要倾陨，
我还幻想过，在那宝叔山的山顶，

会添出她和我的一座比翼的新坟。

啊，我怎么总把她记不分明！
桔梗花色的丝袜后鼓出的脚胫，
那是怎样地丰满、柔韧、动人！
她说过，她能走八十里的路程。

我们又曾经在那日的黄昏时分，
渡往白云庵里去，叩问月下老人。
她得的是："虽有善者亦无如之何矣"，
我得的是："斯是陋室惟吾德馨"。

象这样漫无意义的滑稽的签文，
我也能一一地记得十分清醒，
啊，我怎么总把她记不分明！
"明朝不再来了"——这是最后的莺声。

啊，好梦哟！你怎么这般易醒？
你怎么不永永地闭着我的眼睛？
世界上有没有能够图梦的艺人，
能够为我呀图个画图，使她再生？

啊，不可凭依的哟，如生的梦境！

不可凭依的哟，如梦的人生！

一日的梦游幻成了终天的幽恨。

只有这番的幽恨，嗳，最是分明！

2月18日晨

诗中对女性发饰、服饰、眉眼、肤色、手腕、脚踝、足跟等细节和游放鹤亭、抱朴庐、宝叔（俶）山、白云庵等景点的细节，记得如此清晰，所以诗人说："啊，我怎么总把她记不分明！"从第一节看，这些描写似乎不是向壁虚造的，而是实有其事。（顺便说一句，这节诗中的有些人体描写带有旧文学的"才子气"。如："桔梗花色的丝袜后鼓出的脚胫，/那是怎样地丰满、柔韧、动人。"）

果然，多少年以后，关于这桩"秘录"又有了一个新版本。

沈飞德在2001年《档案与史学》第2期上发表了一篇题为《郭沫若诗集〈瓶〉与一位杭州女性——王映霞访谈录》，其中谈到他在20世纪90年代采访王映霞的过程中，顺便了解到这桩秘录的真相。原来《瓶》来源于郭沫若与杭州姑娘徐亦定的一段感情，诗集真实地记录了诗人和徐亦定短暂交往的情感历程，是一首纪实抒情长诗。

为了让读者更清楚地了解事情真相，我们不妨较为详细地引用当事人徐亦定的回忆："1925年早春，他到杭州旅游（有没有其它的事我不知道），一个偶然的机会我们相识了。那天他与几个友人——有我的一个堂兄——去游西湖，那时我在杭州女师读书，还很年轻，他们都比我大，都叫我妹妹，他们叫我一起去玩，我就同他们一起去了。玩了好几处风景点，我现在还能想得起来有两处：一处是宝叔（俶）山，山虽不高，路很崎岖，有的地方还很陡，他很会爬山，一个人当先到了山顶塔山，我到半山腰就上不去，他又下来拉我上去；还有一处是灵峰探梅，梅花还没有开，他有点惋惜的样子。""这是一个礼拜天，我们在学校住宿的外地学生要在晚自修以前回学校的，所以我游湖回来就同他们分开赶回学校去了。""过了几天，我意外地收到一封上海来的信，开头称呼妹妹，信尾具名是沫若二字，信不长，说了一些那天游湖的事情，有两首即兴的诗。讲礼貌当然要回信，说实话，我心里也喜欢他。我回他的信告诉他西湖梅花已开，并折了一小枝红梅夹在信里寄去。这以后，他每星期有两封信给我，我大概收到他二三十封信。""我知道他有一个日本太太，已经儿女成行。我仔细思量，觉得如再发展下去，于我于他都不利，不如及早打住，以免造成不可收拾。我决定后就回他一封信,说我功课很忙,以后只怕没有时间给他写信,表示歉意。他还接连来了好几封信,我没有作复。他最后一封信要我把他寄给我的信退还他,这以后我们就没有再通信了。"

徐亦定的回忆与《瓶》中的情事大致吻合。坊间还有王映霞指认郭沫若与徐亦定同居一个假期的说法,与徐亦定的说法有出入,姑且存疑。

《瓶》包括《献诗》共43首,是诗人处于低潮时期的情绪的写照,充满着浓郁浪漫的遐想和波翻浪涌的诗情。这些情诗,作为诗人"火山爆发时的内发情感"的另一种流露,作为冲破封建束缚、大胆追求爱情的思想主题,自有它存在的价值和意义。

## 献 诗

月影儿快要圆时,
春风吹来了一番花信。
我便踱往那西子湖边,
汲取了清洁的湖水一瓶。

我攀折了你这枝梅花

虔诚地在瓶中供养,
我做了个巡礼的蜂儿
吮吸着你的清香。

啊,人如要说我痴迷,
我也有我的针刺。
试问人是谁不爱花,
他虽是学花无语。

我爱兰也爱蔷薇,
我爱诗也爱图画,
我如今又爱了梅花,
我于心有何惧怕?

梅花呀,我谢你幽情,
你带回了我的青春。
我久已干涸了的心泉
又从我化石的胸中飞迸。

我这个小小的瓶中
每日有清泉灌注,

梅花哟，我深深祝你长存，

永远的春风和煦。

1925年3月9日夜

《献诗》是组诗的序。隐约透露了这场未遂艳遇（按组诗本身的逻辑是未遂）发生的时间、地点，暗示一场青春已逝时到来的恋情过后，对这段罗曼蒂克的恋情的回顾和收束。诗人没有因自己"使君自有妇"而对这段不伦之恋有所愧疚或羞惭，而是理直气壮地宣称："试问人是谁不爱花"，"我于心有何惧怕"。这显然是受了西方爱情至上观念的影响，他所喜爱的诗人拜伦、雪莱、海涅等不都是婚外恋的歌者吗？当然，西方诗人的爱情诗多写婚外恋。他们认为婚姻是爱情的坟墓。如拜伦的诗句："家庭关系这一套程序/能把任何一种激情窒息，压抑……/在美好的诗歌中谁也不会去歌颂/夫妻生活的幸福/即使让/劳拉和彼得特克在教堂举行婚礼/苍天作证，他也不会去写十四行诗"。正如朱光潜先生所说："西方人重视恋爱……中国人重视婚姻而轻视恋爱。"表现在爱情诗中便是西方诗人多写婚前恋，中国诗人多写婚后恋，而对婚外恋则有不同的态度与表现。中国古代诗人"忆内""寄内"等就是婚后恋，写的是相聚时的欣喜，更多是写别后的相思。中国古代诗人的婚外恋大都写得扑朔迷离、隐晦曲折，如李商隐的《无题》，一般没有《献诗》这样的理直气壮。

《瓶》除《献诗》外，有组诗42首，各首之间相互衔接，像是一部电视连续剧，完整地描述了一个人到中年的抒情主人公对一个青年姑娘的爱恋。

第一首，记叙恋情的发生，一场偶遇的西湖之游，不经意的（？）肌肤之亲，"一日的梦游幻成了终天的幽恨"。"梦游"是说爱情来得太突然，像做梦一样。爱苗从此种下，幽恨从此扎根。

第二到十一首，写与姑娘的第一次书信往来。显见诗人是主动者，在发出一封信后，不安地等待回信。一面焦心地等待，一面回味初遇时的情景；一面各种猜疑，一面又抱有风流自赏的自信：

我的眼睛在无人处瞥着你时
我是在说：我爱你呀，妹妹！妹妹！
我看你呀也并没有什么惊异，
你眼中送出的答词，也好象是：
哥哥哟，哥哥哟，我也爱你！爱你！

最后回信终于到了！女方的反应似乎还不错：解释了

因学业忙,周末才能回信;表示了对诗人的敬慕;邀诗人春假时再会。剧情向前发展。

第十六首《春莺曲》是组诗最长的一首,也是最好的一首,充满了浪漫主义激情。

### 十六(春莺曲)

姑娘呀,啊,姑娘,
你真是慧心的姑娘!
你赠我的这枝梅花,
这样的晕红呀,清香!

这清香怕不是梅花所有?
这清香怕吐自你的心头?
这清香敌赛过百壶春酒。
这清香战颤了我的诗喉。

啊,姑娘呀,你便是这花中魁首,
这朵朵的花上我看出你的灵眸。
我深深地吮吸着你的芳心,
我想吞下呀,但又不忍动口。

啊，姑娘呀，我是死也甘休，
我假如是要死的时候，
啊，我假如是要死的时候，
我要把这枝花吞进心头！

在那时，啊，姑娘呀，
请把我运到你西湖边上，
或者是葬在灵峰，
或者是放鹤亭旁。

在那时梅花在我的尸中
会结成五个梅子，
梅子再迸成梅林，
啊，我真是永远不死！

在那时，啊，姑娘呀，
你请提着琴来，
我要应着你清缭的琴音，
尽量地把梅花乱开！

在那时,有识趣的春风,
把梅花吹集成一座花冢,
你便和你的提琴
永远弹弄在我的花中。

在那时,遍宇都是幽香,
遍宇都是清响,
我们俩藏在暗中,
黄莺儿飞来欣赏。

黄莺儿唱着欢歌,
歌声是赞扬你我,
我便在花中暗笑,
你便在琴上相和。

(莺之歌)
"前几年有位姑娘
兴来时到灵峰去过,
灵峰上开满了梅花,
她摘了花儿五朵。

她把花穿在针上，
寄给了一位诗人，
那诗人真是痴心，
吞了花便丢了性命。

自从那诗人死后，
经过了几度春秋，
他尸骸葬在灵峰，
又迸成一座梅薮。

那姑娘到了春来，
来到他墓前吊扫，
梅上已缀着花苞，
墓上还未生春草。

那姑娘站在墓前，
把提琴弹了几声，
刚好才弹了几声，
梅花儿都已破绽。
清香在树上飘扬，
琴弦在树下铿锵，

忽然间一阵狂风，

不见了弹琴的姑娘。

风过后一片残红，

把孤坟化成了花冢，

不见了弹琴的姑娘，

琴却在冢中弹弄。"

（尾　声）

啊，我真个有那样的时辰，

我此时便想死去，

你如能恕我的痴求，

你请快来呀收殓我的遗尸！

诗人从夹在信中寄来的梅枝生发想象：为了爱情，他吞下了这枝梅花，死后梅枝在体内结成梅子，梅子进成梅林，姑娘携琴来到梅林祭奠诗人，最后竟殉情投入冢中，成就了又一个梁祝爱情传说。汤显祖颂扬爱情："情不知所起，一往而深，生者可以死，死可以生。"（《牡丹亭记·题词》）这首诗便表现了生死不渝的爱情理想。

《春莺曲》将爱的炽烈如焚的情感、宁赴死以求合一的心愿，表达得淋漓尽致，动人心弦。吞花而死、携琴祭奠、风吹梅花堆成花冢、琴鸣花冢等场景，想象绮丽，画面明艳，意境优美。

将殉情的悲与爱情的美如此和谐地集于一首诗里，是这首诗最难得的地方。这种神来之笔在中外爱情诗中是不多见的。

第十二首以下，诗人通过两人之间的通信，展示了这段恋情跌宕起伏的情感线索。先是女方的犹疑，接下来有了进展，称呼由保持距离的"先生"变作"含蓄着""亲意"的"你"；接着又是毫无音讯的等待，再来信时变成了"哥哥"这个模棱两可、暧昧的称呼，诗人对于这个称呼，时而愉悦，时而有不好的预感。第三十一首，诗人把这种"单相思"的预感吐露了出来：

我已成疯狂的海洋，
她却是冷静的月光！
她明明是在我的心中，
却高高挂在天上，
我不息地伸手抓拿，
却只是生出些悲哀的空响。

全诗始终以书信为红线,揭示了爱情的发生、发展和结局。其中,诗人等待书信时的焦虑不安,收到书信时的欣喜若狂,读完书信时或欣喜或失望,然后是又一轮的等待,如此循环……这个受折磨的过程被表现得婉曲生动,是诗中动人的地方。尤其是骂邮差的几节诗简直把诗人如热锅上的蚂蚁的焦灼写活了。

但,该来的还是来了!

## 第四十二首

昨夜里临到了黎明时分,
我看见她最后的一封信来。
那信里夹着许多的空行,
我读后感觉着异常惊怪。

她说道:"哥哥哟,你在……
啊,其实呀,我也是在……
我所以总不肯说出口来,
是因为我深怕使你悲哀。

到如今你既是那么烦恼,

哥哥哟，我不妨直率地对你相告：
我今后是已经矢志独身，
这是我对你的唯一的酬报……"

啊，可惜我还不曾把信看完，
意外的欢娱惊启了我的梦眼：
我醒来向我的四周看时，
一个破了的花瓶倒在墓前。

诗人虽然没有赢得这场爱情，却给后世留下了一组缠绵美丽的爱情诗篇。

当然，《瓶》也有被诟病的地方。在郭沫若翻译了河上肇的《社会组织与社会革命》一书，并宣布自己已成功地转换成一个马克思主义者之际，"偷得浮生半日闲"地写了这样一本关于婚外恋的诗集，难免遭人质疑。不过，郁达夫先生是这样为他辩护的："我想诗人的社会化也不要紧，不一定要诗里有手枪、炸弹，连写几百个革命革命的字样，才能配得上称真正的革命诗。把你真正的感情，无掩饰地吐露出来，把你的同火山似的热情喷发出来，使读你的诗的人，也一样的可以和你悲啼喜笑，才是诗人的天职。革命事业的勃发，也贵在有这一点热情。这一点热情的培养，要赖柔美圣洁的女性的爱。推而广之可以烧落专制帝王的宫殿，可以捣毁白斯底儿的囚狱。"郁达夫最后说："我说沫若，你可以不必自羞你思想的矛盾，诗人本来是有两重人格的。况且这过去的感情的痕迹，把它们再现出来，也未始不可以做一个纪念。"①

另外，诚如蓝棣之先生所说，"抒情主人公感情外露，幼稚而脆弱，感伤过头，有时疯疯癫癫的，还不如一个年轻女性懂事，不大考虑后果，缺乏理性，有些轻浮。"②这该是才子气的自然流露吧。"五四"时期的文化人大多带有这种放浪形骸、风流自赏的旧文人习气。

《瓶》创作于1925年。其时，爱情诗创作的热灰已冷。但《瓶》的问世还是带来了一时的轰动，《瓶》的成功给"五四"爱情诗打上了一个圆满的句号。

---

① 《瓶·附记》，见郭沫若《瓶》第83—84页，上海创作社，1927年版。
② 蓝棣之：《现代诗的情感与形式》，第9—10页，人民文学出版社，2002年版。

参考资料：
阿英（钱杏邨）：《中国新文坛秘录》，1933，上海南强书局。
沈飞德：《郭沫若诗集〈瓶〉与一位杭州女性——王映霞访谈录》，见《档案与史学》2001年第2期。

冰心:《繁星》《春水》

生命的树上
凋了一枝花
谢落在我的怀里
我轻轻地压在心上
她接触了心中的音乐
化成小诗一朵。

# 冰心：《繁星》《春水》
## ——"小诗流行的时代"

《圣经·传道书》有云：凡事都有定期，天下万物都有定时。文坛上的潮起潮落也是如此。在郭沫若的《女神》以黄钟大吕、不同凡响的交响音乐轰鸣诗坛之时，一股小小的洞箫牧笛的丝竹小调也在悄悄兴起。从1922至1923年，中国新诗坛迎来了一个"小诗流行的时代"。

冰心是这一思潮的引领潮流之人。但当时的冰心并无引领一个诗潮或创立一种诗体的自觉意识。或者说，她是偶然地被推上了"弄潮儿向涛头立"的位置。

1921年6月23日，冰心写了一首题为《可爱的》的小文投给《晨报副刊》，副刊编辑孙伏园却从小文中看出诗趣，而放在诗栏中分行排列发表了。这件事给了冰心很大的启发。自1919年起，她已经写了许多这一类的小文，只是对这种一时感悟的抒发觉得无以明之，只在几个弟弟中传阅，直到1921年9月1日发表了《可爱的》的第4天，才决定将它们陆续整理发表出来。这便是《繁星》《春水》。

冰心在《繁星·序》里说,她的灵感是在泰戈尔的《飞鸟集》的触动下活跃的。"这集里都是很短的充满了诗情画意和哲理的三言两语,我心里一动,我觉得我在笔记本上的眉批上的那些三言两语,也可以整理一下,抄了起来,在抄的时候,我挑选那些更有诗意的、更含蓄一些的,放在一起,因为是零碎的思想,就选了其中的一段,以'繁星'两个字起头的,放在第一部,名之为《繁星集》。"[①]

可见,小诗是一种即兴式的短诗,一般以三五句为一首,表现作者刹那间的感悟,寄寓一种人生哲理或美德情思,以引起读者的联想。朱自清曰小诗"贵凝炼而忌曼衍","重暗示、重弹性的表现"。

1923年,冰心出版了《繁星》(164首)、《春水》(182首),宗白华出版了《流云小诗》(48首),引发了"小诗流行的时代"。一时间,"繁星满天,春水泛涨"。

小诗有着深厚的传统渊源。中国古代文学中,唐人绝句、宋词、散曲、小令都是小诗直接的源头。印度泰戈尔的《飞鸟集》由郑振铎译成中文,其平易晓畅的诗风和内含哲理的韵味,让许多青年诗人陶醉。日本的俳句、短歌由周作人带给诗坛,成为小诗的另一源头。

不过,仅有源头和偶然的事件并不足以使小诗形成风

---

[①] 冰心:《我是怎样写〈繁星〉和〈春水〉的》。

潮。小诗风行的背后，有着时代、社会、文化心理的深层原因。

一般说来，小诗是随着"小时代"一起来临的。每当有大时代的风暴暂歇，社会文化氛围处于一个紧张动荡之后的休歇期时，这一类的轻型文学类型便会趁势而起。1921年后"五四"退潮，鲁迅由《呐喊》而陷入《彷徨》；郭沫若《女神》中狂飙突进的暴躁凌厉之气和激越的呼号也消失于沉寂的《星空》。被"五四"风暴吹醒了的一代青年又陷入了孤独、徘徊之中，从热衷于启蒙话语、救亡行动而向内转，开始关注自己的内心感受，从热心关注宏大叙事到开始留意凡人小事。这时小诗出现了！冰心的这些三言两语的小诗，清新可爱，生动地呈现出一时一地的景物，或诗人刹那间的感悟，风格纤细清丽。正如周作人所言："在我们日常生活中，随时随地都有感兴，自然便有适于写一地的景色，一时的情调的小诗之需要。"（周作人《论小诗》）人们厌倦了"大江东去"的英雄情结，这种"杨柳岸，晓风残月"的情趣自然招惹得青年人趋之若鹜了。

《繁星》《春水》一发表，就引起大江南北文学青年的效仿。这说明，在青年读者中早有一种心理内应力。

小诗的出现和兴盛体现了诗人对于诗歌形式多方面

探索的努力，反映了新诗向更广阔的艺术天地寻找新路径的探索，在新诗的发展史上，开始由外部客观世界的描绘转向内心主体精神的表现，具有过渡性的意义。

在一众小诗作者中，冰心稳居第一小提琴的位置。

冰心（1900—1999），原名谢婉莹，福建长乐（今福州市长乐区）人，诗人、翻译家、儿童文学作家、社会活动家、散文家，笔名取自王昌龄诗句"一片冰心在玉壶"。

冰心的小诗大量歌颂自然、母爱和童真。

《繁星》三三：母亲呵！／撇开你的忧愁，／容我沉酣在你的怀里，／只有你是我灵魂的安顿。

七一：这些事——／是永不漫灭的回忆；／月明的园中，／藤萝的叶下，／母亲的膝上。

一五九：母亲呵！／天上的风雨来了，／鸟儿躲到他的巢里；／心中的风雨来了，／我只躲到你的怀里。

二：童年呵！／是梦中的真，／是真中的梦，／是回忆时含泪的微笑。

三五：万千的天使，／要起来歌颂小孩子；／小孩子，／他细小的身躯里，／含着伟大的灵魂。

六五：造物者呵！／谁能追踪你的笔意呢？／百千万幅图画，／每晚窗外的落日。

六六：深林里的黄昏，／是第一次么？／又好似是几时经历过。

母爱、童真和自然是她的三大母题，是她三位一体的上帝：

《春水》一〇五：造物者——/倘若在永久的生命中，/只容有一次极乐的应许，/我要至诚地求着：/我在母亲的怀里，/母亲在小舟里，/小舟在月明的大海里。

两部诗集中还有许多对人生的思考和感悟的哲理诗。

《繁星》一〇：嫩绿的芽儿，/和青年说："发展你自己！"/淡白的花儿，/和青年说："贡献你自己！"/深红的果儿，和青年说："牺牲你自己！"

一六：青年人呵！/为着后来的回忆，/小心着意的描你现在的图画。

四八：弱小的草呵！/骄傲些罢，/只有你普遍的装点了世界。

五五：成功的花，/人们只惊慕她现时的明艳！/然而当初她的芽儿，/浸透了奋斗的泪泉，/洒遍了牺牲的血雨。

一三一：大海呵！/那一颗星没有光？/那一朵花没有香？/那一次我的思潮里/没有你波涛的清响？

《春水》三三：墙角的花！/你孤芳自赏时，/天地便小了。

一三四：命运如同海风，/吹着青春的舟，/飘摇的，/曲折的，/渡过了时光的海。

这里，有感悟，有自勉，有体验，有哲理。这类诗写得简练而隽永，显示了"五四"一代有关自然、社会、人生、家庭、友情、科学、文艺等各方面的观察与思考。

冰心的小诗"满蕴着温柔，微带着忧愁，欲语又停留"，是"一春潺潺的细流"，可谓"新诗中的婉约派"。

这些小诗，清新可爱，生动地呈现出一时一地的景物，或作者刹那间的感悟。有着深厚的古典文学修养的冰心，在创作《繁星》《春水》时，下意识地采用了《诗经》的比兴手法，在诗的情感表达上较为含蓄，使读者倍感亲切。在远眺中国古典诗歌优秀传统的同时，诗的语言方面，冰心又深得泰戈尔小诗语言清新平易之真传，平易而不直白，含蓄而不晦涩，真正做到了既清新又隽永。它那女性特有的柔美典雅的风格、清新婉约的意境，至今仍散发着迷人的魅力。

宗白华（1897—1986），原名宗之櫆，字伯华，江苏常熟人，著名美学家。从1914年开始，他在青岛大学预科和上海同济德国语言学校学习德语、德国文学和哲学，同时阅读了大量的中外诗歌和文学作品，尤爱唐人绝句和德国浪漫派的作品。1918年他毕业后参加少年中国学会，负责编辑少年中国月刊。1919年,他主编《时事新报·学灯》并发表新诗和诗论。1920年,他的《三叶集》出版,同年他赴德留学,先后在法兰克福和柏林大学学习哲学和美学。1923年,他出版了《流云小诗》(48首)。1925年回国后,他历任东南大学、南京大学、北京大学教授。1981年,他出版了《美学散步》。

宗白华自云:"读冰心女士的繁星诗,拨动了久已沉默的心弦,成小歌数首,聊寄共鸣。"

### 小诗

生命的树上,
凋了一枝花,
谢落在我的怀里,
我轻轻地压在心上。
她接触了心中的音乐,
化成小诗一朵。


宗白华这首小诗可看作小诗的自我写照。

宗白华的"流云"与冰心的"春水""繁星"南北辉映,一脉相通,写自然、母爱和童真,但更多的是探索宇宙的奥秘，表现出浓厚的哲学意识。

### 晨兴

太阳的光
洗着我早起的灵魂。
天边的月
犹似我昨夜的残梦。

这首诗似浅实深，暗含玄机。表面上看，这首诗好像是对清晨自然景观的摹写：太阳升起来了，月亮还挂在天边，人们接受太阳的洗礼，抛弃昨夜的残梦。但它实际上隐喻着弃旧图新的愿景，可看作是过渡时期知识者心灵感受的写照：一方面沐浴着时代的曙光，一方面背负着历史的阴影。

### 夜

一时间，
觉得我的微躯，
是一颗小星，
莹然万星里

随着星流。

一会儿
又觉得我的心
是一张明镜,
宇宙的万星
在里面灿着。

《夜》记录了静夜里"我"仰望星空的瞬间感触。诗人以"小星""明镜"这两个单纯而鲜明的意象,负载着自然万有的大宇宙和个人内心的"小宇宙"相连相通的哲理。一方面,个人的微躯,只是星流中的微光;另一方面,"一沙一世界,一花一天国"(布莱克诗句)。个人的心境,也能投影出宇宙万汇。个体生命的微弱短暂和个性主体心灵的丰富深邃,大宇宙和小宇宙,如此对立而又和谐地统一起来。在清新流丽的诗句中,晶莹闪烁的自然美景和幽深玄远的思绪融为一体,相得益彰。

### 系住

那含羞伏案时回眸的一粲,

永远地系住了我横流四海的放心。

这首情诗写得别出心裁。伏案时的回眸一笑,少女初恋时的娇羞情态被捕捉住了;而"系住了横流四海的放心",少男桀骜不驯却被爱情征服的情状如在目前。柔弱与刚强,内敛与豪放,"娇羞"与"横流"之间的张力蕴含了多少心理内容!"爱"征服一切的威力不言而喻。

《流云小诗》中的作品结构紧凑,行句凝练,意境静穆悠远,富有思致和理趣;遣词平易,用韵自然,节奏舒缓,抒情真切而诚挚,艺术地传达了诗人的敏感与睿思。

小诗流行的时间不过一两年,从1924年起就逐渐沉寂了。然而到了20世纪90年代,小诗又迎来了一阵热潮。

20世纪有两个较大的小诗流行的时代。第一次发生在20年代初,即冰心引领潮流的;第二次发生在90年代初,即被称作"汪国真热"的文学现象。(不知为什么,好像没有研究者把汪国真的诗歌称作小诗,或把它与冰心的小诗联系起来思考,其实,稍有文学史常识的学者应该瞥一眼就可以看出两者之间的渊源。)

前文曾说,小诗是随着"小时代"一起来临的。每当有大时代的风暴暂歇,社会文化氛围处于紧张动荡之后的休歇期时,这一类的轻文学类型便会趁势而起。20世纪90

年代便出现了与20年代相类似的社会文化氛围。在特殊的时代氛围下,作为对70年代末以来的中国文学的政治化色彩和宏大叙事功能的一种反拨,汪国真的小诗,没有朦胧诗的晦涩、隐喻和微言大义,没有诗坛上众声喧哗的令人眩惑地试验,篇幅短小,语句浅显易懂,略带哲理,这种轻型化风格迎合了"小时代"轻松化的阅读潮流和审美趣味。

诗本来属于青春,青春都是类似的。不管是20世纪20年代还是90年代,都有青春期的孤独、寂寞、徘徊和"为赋新词强说愁"的感伤,都有在时代重压下的困惑和无力感。汪国真的小诗正好填补了喧哗与骚动后的静寂。那些心灵鸡汤似的诗句,给予那些渴望有所作为而又瞻前顾后的年轻人以前行的勇气,在年轻人困顿、失落时抚慰了他们受伤的心灵。憧憬未来,寻找前行途中不可捉摸的东西,正是未成年人走向青春期的一种常见心态,青年时代是呼朋唤友的时代,需要与青春成长同步而行的陪伴与呼应。

汪国真诗歌的意义,即在于用浅近的略带哲理意味的笔触慰藉了一代青年人的心灵。

正如《圣经·传道书》所言:"已有的事,后必再有;已行的事,后必再行。日光之下,并无新事。"

附上冰心无意间引发了"小诗流行的时代"的这首《可爱的》:

除了宇宙,

最可爱的只有孩子。

和他说话不必思索,

态度不必矜持。

抬起头来说笑,

低下头去弄水。

任你深思也好,

微讴也好;

驴背上,山门下,

偶一回头望时,

总是活泼泼地,

笑嘻嘻地。

　　一九二一年六月二十三日,在西山。

　　是的,对于那些已经逝去的时代,已然沉寂的诗意,"偶一回头望时,/总是活泼泼地,/笑嘻嘻地"。

参考资料:

冰心:《冰心研究资料》,知识产权出版社,2009年版。

湖畔诗社：《湖畔》及其他

我的心中有一座湖,

远山近水入画图。

桃红柳绿春来早,

客来客往船如故。

山外山,楼外楼,

留下浪漫爱满湖。

天上明珠,人间西湖,

多少美丽传说

风流千古!

# 湖畔诗社：《湖畔》及其他
## ——"我们歌笑在湖畔，我们歌哭在湖畔"

> 我的心中有一座湖，
> 远山近水入画图。
> 桃红柳绿春来早，
> 客来客往船如故。
> 山外山，楼外楼，
> 留下浪漫爱满湖。
> 天上明珠，人间西湖，
> 多少美丽传说
> 风流千古！

这是歌曲《人间西湖》中的一段歌词。每当听到这首歌时，都会想起湖畔诗社。

1922年春,在西子湖畔,四个年轻人创立了一个"小而美"的社团——湖畔诗社。四人中,除应修人当时在上海做店员外,潘漠华、冯雪峰、汪静之还都是浙江第一师范的学生。四人因诗结缘,以诗社名义出版了《湖畔》《春的歌集》等诗集。此外,汪静之还出版有诗集《蕙的风》和《寂寞的国》。

这是一次美好的相遇。爱情圣地与爱情诗歌,浪漫诗人与浪漫岁月,个人青春期与民族青春期,在这一刻聚合在一起。历史给了他们抒发"醒过来的人的真声音"(鲁迅《热风·随感录四十》)的美好时光,他们也以青春的嫩嗓加入了个性解放的大合唱。他们无拘无束地唱响了爱情之歌。

湖畔诗人吸吮着"五四"新文学的营养,较少因袭的重担,也尚未体验到生活的严酷。他们个人的青春期恰与历史的青春期、新诗的青春期相会,觉醒的心灵遂荡生出悠远的憧憬、美丽的幻想和清新如朝露的感觉。就如应修人《歌》中唱的:"这么天真的人生! /这么放情地颂美这青春!"

他们的作品以抒情短诗为主,表现了新文学运动初期刚刚挣脱封建礼教束缚的天真烂漫的青少年对美好自然的向往和对幸福爱情的憧憬,犹如第一次睁眼看世界的童心,单纯、明净、清新、质朴。如宗白华所说,这是"天然流露的诗","如同鸟的鸣,花的开,泉水的流"①。

朱自清曾说:"真正专心致志做情诗的,是'湖畔'的四个年轻人。他们那时候差不多可以说生活在诗里。潘谟华氏最是凄苦,不胜掩抑之致;冯雪峰氏明快多了,笑中可也有泪;汪静之氏一味天真的稚气;应修人氏却嫌味儿淡些。"

应修人(1900—1933),浙江慈溪慈城(今属宁波市江北区)人,现代作家。他早年在上海钱庄当学徒,"五四"时期开始创作新诗。1922年,他与潘漠华等人结成湖畔诗社,出版歌诗合集《湖畔》《春的歌集》。1925年,他加入中国共产党。他先后在广州黄埔军校和武汉国民政府劳工部工作。他1927年赴苏联留学,1930年回国后从事革命文化工作,并加入"左联"。1933年,他在上海同国民党特务搏斗时牺牲。

《妹妹你是水》是他的代表作。

妹妹你是水——
你是清溪里的水。

---

① 《〈蕙的风〉之赞扬者》,《时事新报·学灯》1923年1月13日。

无愁地镇日流,
率真地长是笑,
自然地引我忘了归路了。

妹妹你是水——
你是温泉里的水。
我底心儿他尽是爱游泳,
我想捞回来,
烫得我手心痛。

妹妹你是水——
你是荷塘里的水。
借荷叶做船儿,
借荷梗做篙儿,
妹妹我要到荷花深处来!

《妹妹你是水》带有江南民歌风味,诗中江南水乡的意象如荷塘、荷花使人想起江南采莲曲。男女平等和对女性的崇拜是西方爱情诗的特点。"五四"时期,拜伦、雪莱、普希金的爱情诗传播甚广,年轻诗人大都受其影响。但我觉得,这首诗歌颂女性,以水喻女性,可能还是下意识地化用了《红楼梦》中贾宝玉的理论——"女儿是水做的骨肉，男人是泥做的骨肉"。

这首诗以水喻人。诗有三节，水有三味：清溪喻其活泼率真，温泉喻其热烈温情，荷塘喻其纯洁美丽，既各有所指，又有机统一、层层递进。诗人用博喻的手法从不同侧面写出了对心上人的颂词和渴欲亲炙的心情。这首诗具有细腻柔婉、清雅秀丽的风格，带有青春文学的幻美。

潘漠华（1902—1934），浙江宣平上坦村（今属武义）人。1922年，他与冯雪峰等人结成湖畔诗社，先后出版诗歌合集《湖畔》《春的歌集》。他1924年考入北京大学文科，1927年加入中国共产党。他长期从事地下工作，曾五次被捕，1934年在狱中绝食牺牲。他的情诗忧伤多于欢乐，如《三月五晨》：

> 慢慢地踱呀，
> 轻轻地踱呀，
> 离去故乡的步！

> 慢慢地踱呀，
> 轻轻地踱呀，
> 离去母亲的步！

慢慢地踱呀,
轻轻地踱呀,
离去情人的步!

诗歌采用叠唱的形式抒写了乡情、亲情和爱情的难舍难分。在艺术形式上,这首诗有了自觉的文体意识,即在诗的听觉和视觉方面都有所追求。

冯雪峰(1903—1976),浙江义乌人,诗人、文学评论家。他1921年考入浙江省立第一师范,1922年与应修人等结成湖畔诗社,先后出版诗歌合集《湖畔》《春的歌集》。他1925年到北京大学旁听日语,1926年开始翻译日本、苏联的文学作品及文艺理论专著,1927年加入中国共产党。他曾任"左联"党团书记、中共上海文化工作委员会书记、瑞金中央党校副校长。他1934年参加长征。新中国成立后,他历任上海市文联副主席,鲁迅著作编刊社社长兼总编,人民文学出版社社长兼总编,《文艺报》主编,中国作协副主席、党组书记。他1954年因《红楼梦》研究问题和"胡风事件"受批判,1957年被划为右派,1966年被关进牛棚。1976年,他因肺癌去世。1979年中共中央为他彻底平反并恢复名誉。他的《落花》较为有名。

片片的落花,尽随着流水流去。

流水呀!
你好好地流罢。
你流到我家底门前时,
请给几片我底妈;——
戴在伊底头上,
于是伊底白头发可以遮了一些了。

请给几片我底姊;——
贴在伊底两耳旁,
也许伊照镜时可以开个青春的笑呵。
还请你给几片那人儿:——
那人儿你认识么?
伊底脸上是时常有泪的。

诗人采用传统诗词常用的流水落花的意象,却陈意翻新地抒写了对母亲、姊姊和情人的深情厚谊。最后一节有些出人意料,"笑中可也有泪"。

湖畔四诗人中,后来产生了两位烈士(应修人、潘漠华)

和一位参加过长征的老革命（冯雪峰）。这是一个颇有兴味的问题。"专心致志做情诗"的年轻人，怎么转眼之间就脱胎换骨成了坚定的革命者？爱情和革命这两者之间有什么关联呢？

在20世纪中国的各个时期，最"浪漫"的是青年，青年中最"浪漫"的是诗人。20世纪青年诗人受到外国诗歌最大影响的是19世纪浪漫主义诗歌，尤其是拜伦、雪莱、海涅、裴多菲、普希金等诗人，他们向往自由、倾向进步和追求爱情、情感至上合二为一的人生态度和诗歌主题，赢得了当时中国青年诗人的喝彩和模仿。尤其是，拜伦以浪漫主义的宗主、爱情诗的圣手而殉身于希腊的民族独立与解放运动的战场；写下大量爱情诗的裴多菲战死在哥萨克骑兵的矛尖上。这种炽烈的爱情和壮烈的牺牲，无不激励着、影响着青年一代、浪漫一族。处在民族危难和个人忧愤的特定时期，民族、时代、个人的郁积交织在一起。因此，许多诗人都自称是浪漫主义者，把浪漫与革命相提并论。蒋光慈"革命+恋爱"小说模式的风行也正是这股浪漫主义思潮的波澜。随着社会革命时代的到来，由追求个性解放、爱情至上转向要求社会解放、牺牲个人就成了青年诗人的首选。

湖畔四诗人中，应修人、潘漠华英年早逝，冯雪峰的人生道路也充满坎坷，只有汪静之一生平稳，他的艺术生命也最长。

汪静之（1902—1996），诗人，安徽绩溪人。1922年他同冯雪峰等结成湖畔诗社，后出版诗歌合集《湖畔》。他曾任暨南大学、复旦大学中文系教授，主要诗集有《蕙的风》《寂寞的国》等。

汪静之从1921年起就在《新潮》等刊物上发表新诗，1922年出版了新诗史上第一部爱情诗集《蕙的风》，引发了新诗坛的轩然大波。

《蕙的风》的出版在当年是一件大事，此诗集曾经鲁迅修改，周作人题签（题词："放情的唱呵"），胡适、朱自清、刘延陵三人作序。这与当时文坛的风习有关，热心奖掖新人、提携青年作者是"五四"文学先驱者们的一贯作风。不过，诗人本身也有得天独厚的条件：汪静之与胡适有乡党之谊，且有拐弯抹角的亲戚关系（胡适三嫂的妹妹曹诚英是汪静之原配夫人曹秋艳的小姑。不过，后来发生的故事有点"狗血"：汪静之一度爱上了与他年龄相当但辈分不合的曹诚英，而曹诚英后来竟成了胡适的情人。此事按下不表）；朱自清、刘延陵则是他的老师。有这几位文坛大腕助推，加之《蕙的风》大胆真率的爱情表达，毫不掩饰地歌颂情欲，给人耳目一新之感，一时之间洛阳纸贵，加印四次，汪静之暴得大名。如拜伦所说："一觉醒来，我发现自己成了名人！"

汪静之被称作"诗界郁达夫"，与郁达夫一样，汪静之也深受卢梭影响。卢梭在《忏悔录·序》中说："这是世界上绝无仅有、也许永远不会再有的一幅完全依照本来面目和全部事实描绘出来的人像……我现在要做一项既无先例、将来也不会有人仿效的艰巨工作。我要把一个人的真实面目赤裸裸地揭露在世人面前。这个人就是我。"

"把一个人的真实面目赤裸裸地揭露在世人面前"，郁达夫是这样做的，他的《沉沦》出版后，曾引起轩然大波。汪静之也是这样做的，他的《蕙的风》也引起了一场新旧势力斗争的诗案。

郁达夫在文学创作上主张"文学作品，都是作家的自叙传"，因此，他经常把个人的生活经历作为创作素材，在作品中毫不掩饰地暴露自己的私生活。他的小说大多能在文中找到他的影子。汪静之的许多情诗也是他情感生活的留痕，带有自叙传性质，因是真情实感，故而写得酣畅淋漓。如《过伊家门外》："我冒犯了人们的指摘，/一步一回头地瞟我意中人；/我怎样欣慰而胆寒呵。"其直露的描写，在保守的人看来，近乎无耻，一时批评之声四起。

吊诡的是,首先开炮的竟也是一个年轻人——时为东南大学学生的胡梦华。1922年10月24日的《时事新报·学灯》,发表了胡梦华的《读了〈蕙的风〉以后》,批评其中有些爱情诗"有不道德的嫌疑",是"堕落轻薄"的。针对胡梦华的批评,同年10月30日,章鸿熙在《民国日报》副刊《觉悟》发表《〈蕙的风〉与道德问题》,予以批驳。胡梦华不服,于11月3日在《觉悟》上又发一文,即《悲哀的青年——答章鸿熙君》,回应说他"对于悲哀的青年底不可思议的泪已盈眶了"。

胡梦华的"含泪劝告",惹恼了鲁迅,他迅即写下了《反对"含泪"的批评家》一文,以"风声"为名,发表在11月17日的《晨报副刊》上,逐条反驳了胡梦华的观点。鲁迅说,一、"胡君因为《蕙的风》里有一句'一步一回头瞟我意中人',便科以和《金瓶梅》一样的罪:这是锻炼周纳的。《金瓶梅》卷首诚然有'意中人'三个字,但不能因为有三个字相同,便说这书和那书是一模样。""看见一句'意中人',便即想到《金瓶梅》,看见一个'瞟'字,便即穿凿到别的事情上去。然而一切青年的心,却未必都如此不净";二、"胡君因为诗里有'一个和尚悔出家'的话,便说是污蔑了普天下和尚,而且大呼释迦牟尼佛:这是近于宗教家而且援引多数来恫吓,失了批评的态度的"。①注意,这里鲁迅对同是青年的胡梦华声色俱厉的批评,是因为他"锻炼周纳"和"援引多数来恫吓"。鲁迅素来不喜拉大旗作虎皮,包着自己去吓唬别人的青年,例如,对周起应们指责胡风是汉奸,鲁迅就不以为然,认为这倾向很可怕,叱其为"四条汉子"。

与此同时,周作人也在11月1日的《晨报副刊·文艺谈》上发表《什么是不道德的文学》。周作人从内容重于诗艺的立场出发,为《蕙的风》辩护:"静之的情诗即使艺术价值不一样,但是可以相信,没有'不道德的嫌疑'。"并且毫不客气地说:"旧道德上的不道德,正是情诗的精神,用不着我的什么辩解。"②周作人最厌恶的是胡梦华"倚了传统的威势,去压迫异端的文艺",这样的行为,在后世看去往往只是自己"献丑"。③此外,胡适、朱自清等也著文为之伸张、辩护。

表面看来,这是一场以大欺小、以强凌弱的论战,有高射炮打蚊子之嫌。但胡梦华的身后确有一个反对新诗、反对新文化运动的大本营,那就是胡梦华所在的东南大学

---

① 风声:《反对"含泪"的批评家》,载《晨报副刊》,1922年11月17日。
② 周作人:《情诗》,载《自己的园地》,北新书局,1923年。
③ 周作人:《什么是不道德的文学》,载《晨报副刊·文艺谈》,1922年11月1日。

的"学衡派"。

1922年9月,南京东南大学以留学美国的梅光迪、胡先骕、吴宓等人创办《学衡》杂志,以"昌明国粹,融化新知"为旗号,以融贯中西之通儒大师自我标榜,鼓吹"中学为体,西学为用"的老调。该刊先后发表了梅光迪《评提倡新文化者》、吴宓《论新文化运动》、胡先骕《评〈尝试集〉》等文章,讨伐新派人物。对此,新文化阵营予以迎头痛击。鲁迅发表了《估〈学衡〉》,抓住对方辩手文中的一些实例,以揭破此派学贯中西姿态下的尴尬。邓中夏撰文称此派是"穿西装或者还挂十字架的康有为"。这一回,新文化阵营自然不会因胡梦华的学生身份而忽视他身后的"学衡派",这才有了文坛宿将披挂上阵轻取胡梦华的"《蕙的风》诗案"。

不过,现在看来,"学衡派"在中国思想文化急剧变革的时代,站在保守派一边,取文化保守主义立场,试图在对旧的破坏中能有所节制,有所保留,对新文化与新文学运动的某些偏激的弊病也不无中肯的批评。

比起另外三人,汪静之是一个纯粹的诗人,更是一个纯粹的爱情诗人。他的诗集中有40多首描写少男少女坦诚恋爱的情诗。他的爱情观是"五四"宣扬个性解放的结果。如鲁迅所言:"这是血的蒸气,醒过来的人的真声音。"

(《热风·随感录四十》)

汪静之受卢梭影响颇大,在文学的殿堂里给了情欲以正常的位置,许多诗句都深入到旧道德"非礼勿视"的二人世界。如:"伊底魂跳出窗外偕他去了。"(《窗外一瞥》)"看着伊那由伊灵魂里出来的甘露,/——我想饮了他。"(《我都不愿牺牲哟》)"你知道我在接吻你赠我的诗么? / 知道我把你底诗咬了几句吃到心里了么?"(《别情》)一反传统诗歌的含蓄委婉,把相爱的男女痴狂的情热直呈在眼前。"我昨夜梦着和你亲嘴,/ 甜蜜不过的嘴呵! / 醒来却没有你底嘴了;/ 望你把你梦中的那花苞似的嘴寄来罢。"(《别情》)把古典诗词中欲言又止的别情愁绪,用直白得滚烫的诗句表白出来,的确能吓得卫道士们心惊肉跳。

他的代表作是《蕙的风》。

是哪里吹来
这蕙花的风——
温馨的蕙花的风?

蕙花深锁在园里,
伊满怀着幽怨。
伊底幽香潜出园外,

去招伊所爱的蝶儿。

雅洁的蝶儿,
熏在蕙风里:
他陶醉了;
想去寻着伊呢。

他怎寻得到被禁锢的伊呢?
他只迷在伊的风里,
隐忍着这悲惨而甜蜜的伤心,
醺醺地翩翩地飞着。

《蕙的风》从蝶恋花的传统意象生发开来,以蕙花和蝶儿的相恋,象征少男少女纯洁无瑕、两情相悦的自然人性;以深锁的园隐喻封建礼教的束缚或封建家长的禁锢。这首诗之所以在当时影响较大,主要是因为它艺术地抒写出了过渡时期一代青年在封建势力重压下的同情共感。

《伊底眼》是他另一首流传甚广的诗。

伊底眼是温暖的太阳;
不然,何以伊一望着我,

我受了冻的心就热了呢？

伊底眼是解结的剪刀；
不然，何以伊一瞧着我，
我被镣铐的灵魂就自由了呢？

伊底眼是快乐的钥匙；
不然，何以伊一睐着我，
我就住在乐园里了呢？

伊底眼变成忧愁的引火线了；
不然，何以伊一盯着我，
我就沉溺在愁海里了呢？

  眼睛是心灵的窗户。情人的眼睛是爱情的晴雨表。这首诗把一个陷入情网的少男，唯情人眼色是瞻的情态表现得活灵活现。诗人运用博喻的手法——"温暖的太阳""解结的剪刀""快乐的钥匙""忧愁的引火线"都比喻情人的眼睛。"伊底眼"是全诗的聚光灯，照到哪里哪里亮。形式上，四节诗，每节三句，反复吟唱，朗朗上口，自然流畅。

《过伊家门外》就是引起轩然大波的那首诗。

我冒犯了人们的指摘,
一步一回头地瞟我意中人;
我怎样欣慰而胆寒呵。

短短三句诗,写出了热恋中的少男神魂颠倒的神态。这首诗没有使人联想起《金瓶梅》,倒是使人想起《西厢记》中张君瑞初见崔莺莺时被电击的情景。这首诗不仅写出了年轻人对爱情的痴情、执着,也揭示了那个时代封建势力的严威。

汪静之笔下的爱情,抒发的是纯情少年的健康情感。诗中的抒情主人公都是天真而略带稚气的。这使他的情诗格外清新可爱,充满着青春的魅力。

青春总是要成长的。1925 年以后,由于时代大潮的翻卷,湖畔的年轻人思想发生变迁,应修人、潘漠华、冯雪峰三人纷纷投身革命洪流,湖畔诗社不复存在。如沈从文所说:"《蕙的风》的诗歌,如虹彩照耀于一短时期国内文坛,又如流星的光明,即刻消灭于时代与兴味旋转的轮下了。"[①]

---

[①] 沈从文:《论汪静之的〈蕙的风〉》,《文艺月报》第 1 卷第 4 号(1930 年 12 月)

如今，作为中国新诗史上的一段风景旧照，杭州西湖六公园里的湖畔居二楼北面一个小房间，门上挂着湖畔诗社纪念馆的牌匾。窗外是西湖。湖水脉脉，杨柳依依，风景依旧，当年坐在湖畔写诗的人儿，还在展览的图片和文字中默默述说着他们的青春岁月。

参考资料：
《湖畔诗社资料集》，中国作协浙江分会编，1982年4月印行。

蒋光慈:《哀中国》

---

我的悲哀的中国!

我的悲哀的中国!

你怀拥着无限美丽的天然,

你的形象如何浩大而磅礴!

你身上排列着许多蜿蜒的江河,

你身上耸峙着许多郁秀的山岳,

但是现在啊,

江河只流着很呜咽的悲音,

山岳的颜色更惨淡而寥落!

# 蒋光慈:《哀中国》
## ——"我不过是一个粗暴的抱不平的歌者"

历史上不乏这样的现象:一部作品所产生的社会效果超出国界,在另一个遥远的国度造成了轰动效应。清末民初,随着《哀希腊》的翻译而迅速蹿红的"拜伦热"就是这样一次文学跨国界行动。

首开风气的是梁启超。1902年,梁启超的《新中国未来论》中引用了拜伦的长诗《哀希腊》中的两节。接下来,马君武、苏曼殊、胡适纷纷跟进。苏曼殊用五言歌行,马君武用七言歌行,胡适用离骚体,花样翻新地重译《哀希腊》。尤其是苏曼殊,他自称"丹顿裴伦是我师"(《本事诗十章之三》,"丹顿"即但丁,"裴伦"即拜伦),翻译了拜伦的大量诗作:《去国行》《留别雅典女郎》《赞大海》《哀希腊》等。他对拜伦极为欣赏,极为崇拜,引为同调。《题〈拜伦集〉》说:"秋风海上已黄昏,独向遗编吊拜伦。词客飘蓬君与我,可能异域为招魂。"自己和拜伦身世相似,才情相似,同是漂泊诗人,怕是拜伦的魂附在自己身上了吧?所以要不遗余力地翻译、出版拜伦的作品,为他在中国招魂。要为拜伦招魂的还有鲁迅。1907年,鲁迅在《坟·摩罗诗力说》中介绍了"摩罗"诗人的宗主——拜伦:"迨有裴伦,乃超脱古范,直抒所信,其文章无不函刚健抗拒破坏挑战之声。"[①]鲁迅对他推崇备至,号召以拜伦为范,提倡"立意在反抗,指归在动作"的"摩罗"精神。

近代中国人引进、亲近和"热推"拜伦,主要是感佩他洒血希腊、争取独立和自由,解放被压迫人民的伟大壮举。如鲁迅所说:"有人说G.Byron的诗多为青年所爱读,我觉得这话很有几分真。就自己而论,也还记得怎样读了他的诗而心神俱旺;尤其是看见他那花布裹头,去助希腊独立时候的肖像","其实,那时Byron之所以比较的为中国人所知,还有别一原因,就是他的助希腊独立。时当清

---

① 《坟·摩罗诗力说》,《鲁迅选集》(第二卷)第161页,中国文史出版社,2002年版。

的末年,在一部分中国青年的心中,革命思潮正盛,凡有叫喊复仇和反抗的,便容易惹起感应"。①鲁迅先生将近代中国"拜伦热"的原因说得很清楚。

《哀希腊》是拜伦长篇诗体小说《唐璜》的节选。这首诗写于1819年,即希腊独立战争爆发前两年,当时希腊还正遭受土耳其的奴役。1823年年初,希腊抗土斗争高涨,拜伦放下正在写作的《唐璜》,毅然前往希腊,参加希腊志士争取自由、独立的武装斗争,1824年4月19日死于希腊军中。

希腊是一个文明古国,通常被视为西方文明的摇篮。如拜伦诗中所说:"希腊群岛呵,美丽的希腊群岛!火热的莎弗在这里唱过恋歌;在这里,战争与和平的艺术并兴,狄洛斯崛起,阿波罗跃出海波!""起伏的山峦望着马拉松——马拉松望着茫茫的海波。"(查良铮译本)希腊有荷马史诗,有美丽的神话传说,有马拉松之战和创造奇迹的长跑英雄,有温泉关三百勇士……《哀希腊》抚今追昔,用光荣的历史来召唤希腊人民为自由独立而战。它不仅激励着希腊人民英勇战斗,而且还极大地鼓舞了后世全世界人民争取自由和民族独立的斗争。

---

① 《坟·杂忆》,《鲁迅选集》(第二卷)第248页,中国文史出版社,2002年版。

1924年是拜伦逝世百年，继清末民初的"拜伦热"又迎来了新一轮热潮。当时重要的文学刊物《小说月报》《晨报·文学旬刊》《创造月刊》《创造季刊》等纷纷推出拜伦"百年祭"专刊。拜伦的诗歌又一次成为翻译家趋之若鹜的鹄的，其生平、思想、创作和地位、影响等也得到了全方位的介绍和研究。在这一热潮中，蒋光慈以喷薄而出的诗情创作了《哀中国》。

蒋光慈（1901—1931），原名蒋如恒，又名侠生、侠僧、光赤，安徽六安人，诗人、小说家。

蒋光慈是最早倡导无产阶级革命文学的先驱之一。蒋光慈的早期创作都是与时代同步的：1925年的中篇小说《少年飘泊者》是对五卅运动的及时回应；1927年的《短裤党》，是对上海武装起义全过程的扫描；1928年，创作了《野祭》《冲出云围的月亮》等作品。蒋光慈的作品具有强烈的宣传鼓动性，具有一种历史沸腾时期昂扬的激情与艺术追求，但由于缺乏对生活从容的观察思索与充分的形象化，而流于浮面。这一现象不是蒋光慈个人的，而是当时革命文学的通病。

倡导期的无产阶级文学运动曾走过一段曲折的道路。当时患有"左派幼稚病"的创造社、太阳社诸作家机械地将创作方法与政治立场等同起来，独尊现实主义创作方法。他们把文学当作"时代精神的传声筒",自觉地运用文学来为革命摇旗呐喊,在急剧的变革年代里,以特殊的热情,写出"思想大于形象"的具有重大社会效果的作品。由于对革命生活和工农群众缺乏实感,必然导致公式化、概念化的倾向。尤其蒋光慈带有一种"革命罗曼蒂克"倾向,认为"凡是革命家也都是浪漫派",风行一时的"革命+恋爱"小说模式就是他的创举。郭沫若说蒋光慈在"浪漫"受到攻击时,公开宣称:"我自己便是浪漫派,凡是革命家也都是浪漫派,不浪漫谁个来革命呢……有理想,有热情,不满足于现状而企图创造出些更好的什么的,这种情况便是浪漫主义。具有这种精神的便是浪漫派。"[①]

不过,蒋光慈最早的文名来自无产阶级诗歌。他曾宣称:"我不过是一个粗暴的抱不平的歌者,/而不是在象牙塔中慢吟低唱的诗人。"(《〈鸭绿江上〉自序诗》)1925年他出版了第一部诗集《新梦》(1925年,上海书店),收录1921—1924年留苏期间创作的新诗36首,译诗6首,是最早歌颂十月革命的诗集,基调比较高昂乐观,爱憎强烈,感情奔放,曾在知识青年中起到很大的鼓舞作用,被

---

① 郭沫若:《学生时代》,第244页,人民文学出版社,1979年版。

推为"革命文学第一声"。同年,又出版了诗集《哀中国》(1925年,新青年社《哀中国》有1925年初版和1927年1月汉口长江书店初版两个说法,应该是1925出版后,1927年增加了1926年新创作的诗歌再次出版。)。

1924年夏,蒋光慈告别莫斯科回到祖国。从"无尘土的国土""草也青了,花也开了"(《新梦》)的"赤都"莫斯科一下子回到哀鸿遍野、灾难深重的祖国,那无边的、浓重的黑暗使他难以呼吸。在"赤都","我要歌就高歌,我要梦就长梦"(《莫斯科吟》)。而回国后所看到的列强肆虐、军阀混战的黑暗现实锁住了他《新梦》里欢欣的、嘹亮的歌喉。《阿英书话·哀中国》:"当光慈初回国的时候,我问他回国后的感想如何,他即告诉我他是大大的失望!大大的失望!一入国门,便是一身冷汗,一阵狂喊,一口心血,《哀中国》一集便孕育在这个时代了。"他不禁哀从中来,长歌当哭,一曲悲歌——《哀中国》就这样诞生了。

**哀中国**

我的悲哀的中国!
我的悲哀的中国!

你怀拥着无限美丽的天然,
你的形象如何浩大而磅礴!
你身上排列着许多蜿蜒的江河,
你身上耸峙着许多郁秀的山岳。
但是现在啊,
江河只流着很呜咽的悲音,
山岳的颜色更惨淡而寥落!

满国中外邦的旗帜乱飞扬,
满国中外人的气焰好猖狂!
旅顺大连不是中国人的土地么?
可是久已做了外国人的军港;
法国花园不是中国人的土地么?
可是不准穿中服的人们游逛。
哎哟!中国人是奴隶啊!
为什么这般地自甘屈服?
为什么这般地萎靡颓唐?

满国中到处起烽烟,
满国中景象好凄惨!
恶魔的军阀只是互相攻打啊,

可怜小百姓的身家性命不值钱！
卑贱的政客只是图谋私利啊，
哪管什么葬送了这锦绣的河山？
朋友们，提起来我的心头寒，——
我的悲哀的中国啊！
你几时才跳出这黑暗之深渊？


东望望罢，那里是被压迫的高丽；
南望望罢，那里是受欺凌的印度；
哎哟！亡国之惨不堪重述啊！
我忧中国将沦于万劫而不复。
我愿跑到那昆仑之高巅，
做唤醒同胞迷梦之号呼；
我愿倾泻那东海之洪波，
洗一洗中华民族的懒骨。
我啊！我羞长此沉默以终古！


易水萧萧啊，壮士吞仇敌；
燕山巍巍啊，吓退匈奴夷；
回思往古不少轰烈事，
中华民族原有反抗力。

却不料而今全国无声息，
大家熙熙然甘愿为奴隶！
哎哟！我是中国人，
我为中国命运放悲歌，
我为中华民族三叹息。

寒风凛冽啊，吹我衣；
黄花低头啊，暗无语；
我今枉为一诗人，
不能保国当愧死！
拜伦曾为希腊羞，
我今更为中国泣。
哎哟！我的悲哀的中国啊！
我不相信你永沉沦于浩劫，
我不相信你无重兴之一日。

这首诗的构思与拜伦的《哀希腊》有一脉相承之处。同为文明古国，同样遭受异族凌辱，同样对于国人的麻木、颓唐、奴性不满，"哀其不幸，怒其不争"。拜伦之于希腊，蒋光慈之于中国，都是着眼于以现实的屈辱、苦难和不幸来警醒民众；以古老民族悠久的历史、光辉的传统来激励民族自信心和自豪感；呼唤沉睡在迷梦中的国人快快奋起，英勇斗争，为民族的独立和自由而战。不过，比较而言，蒋光慈的声调更悲怆，忧患更深重，更有切肤之痛。

全诗六节。第一节，诗人俯瞰祖国的大好河山，联想到遭到帝国主义列强瓜分和封建军阀蹂躏，举国凄凉的屈辱现实，悲不自胜。第二、三节，分别揭示了造成山河破碎、民不聊生的罪魁祸首就是帝国主义、封建军阀和官僚政客。第四节从中国周边国家高丽、印度的亡国之惨，警告国人：前车可鉴，民族危亡，迫在眉睫，再不奋起抗争，后果不堪设想。第五节，追昔抚今，列举了历史上中华民族不畏强暴慷慨赴死的斗争精神和"犯我强汉虽远必诛"的剽悍性格，对照"而今全国无声息""熙熙然甘愿为奴隶"的萎靡之风，诗人不禁长叹息以掩涕。最后一节，诗人联想到拜伦为希腊的独立自由献出了自己的生命，自省如果再不投入实际斗争必将羞愧而死。诗人希望像拜伦一样，用自己的诗歌唤起民众，奋起抗争，唯其如此，才能免于沉沦，才能实现民族复兴！写到最后，诗人又恢复了对祖国、民族必将迎来光明前途的信心。

创作《哀中国》时的蒋光慈，刚从"赤都"莫斯科回到黑暗的中国，巨大的反差使他感到幻灭、彷徨、无所适从。《新梦》时的高亢之音渐渐减弱，《哀中国》诗集中常常流露出某种感伤情调。小资产阶级的动摇性使他陷入悲观失望中。鲁迅曾批评过这种动摇性，1928 年在与创造社和太阳社的论战中，鲁迅在一篇通信中戏称其为"蒋光 X"，暗讽他在 1927 年后的白色恐怖中把"蒋光赤"改名为"蒋光慈"。①

如果说《新梦》是一首革命的高歌，《哀中国》则是一曲悲讴。正如诗人所说："我的祖国，我的爱人，我的家园，他们所给我的，唉，只有哀感。"全诗哀情压倒了振奋之心，给读者以压抑感，虽也能起到哀兵必胜的激励作用，但激励的力度显然是不够的。

《哀中国》也带有早期无产阶级文学的通病，急于传达革命意识和现实斗争，粗犷有余而艺术锤炼不够。鲁迅先生曾批评过五卅惨案后那些"急就章"的作品。他说："我认为感情正烈的时候，不宜作诗，否则锋芒太露，能将'诗美'杀掉。"（《两地书》）

毋庸置疑，《哀中国》作为一首早期政治抒情诗，显示了蒋光慈思想和艺术上的不足。但是，诗人创作的出发点，还在于以中华民族传统的"轰烈事"和"反抗力"，来激励处于革命低潮的中国人民挣脱迷梦，投入到反帝反

---

① 《文坛的掌故》，《鲁迅选集》（第二卷），第 75 页，中国文史出版社，2002 年版。

封建的斗争中去，其在创作无产阶级文学的道路上的探索也为后来者提供了借鉴。

参考资料：
方铭：《中国文学史资料全编·现代卷：蒋光慈研究资料》，知识产权出版社，2010年版。

徐志摩：《献词》

---

他抱紧的是绵密的忧愁,
因为美不能在风光中静止;
他要,你已飞渡万重的山头,
去更阔大的湖海投射影子!
他在为你消瘦,那一流涧水,
在无能的盼望,盼望你飞回!

# 徐志摩：《献词》
## ——"他在为你消瘦，那一流涧水"

罗马诗人维吉尔有一句名言：爱，征服一切！在意大利小说家薄伽丘《十日谈》里有一个爱情使人变得聪明的故事。西方人认为，经历一次真正的爱情会使人有脱胎换骨之感。西方有爱情至上主义的文化传统。在现代中国，爱情至上主义者最著名的代表人物要数徐志摩了。

在长诗《爱的灵感》中，徐志摩写道："只有爱能使人睁开眼，/认识真，认识价值，只有/爱能使人全神的奋发，/向前闯，为了一个目标，/忘了火是能烧，水能淹。"在《天神似的英雄》中，"粗丑的顽石"有了百合花影的映照，也就化生了"媚迹"。"臃肿的凡庸"有了爱情也成了"天神似的英雄"！

对于徐志摩而言,他的诗生活和爱情是同时开始的,或者说,爱情使他变成了诗人。那是在1921年的英国,当他"正感着闷想换路走"的时候,认识了民国第一才女——人艳如花的林徽因:"整十年前我吹着了一阵奇异的风,也许照着了什么奇异的月色,从此起我的思想就倾向于分行的抒写。"于是,诗人的自我意识被拨动了,他发现了康桥,发现了美,找到了诗。"我这一辈子就只那一春,说也可怜,算是不曾虚度。就只那一春,我的生活是自然的,是真愉快的!(虽则碰巧那也是我最感受人生痛苦的时期。)""说也奇怪,竟像是第一次,我辨认了星月的光明,草的青,花的香,流水的殷勤。"①

徐志摩的一生是追爱的一生。但不幸的是,他追爱的起点很不利:当真爱到来时,他已经输在起跑线上了。

徐志摩(1897—1931),现代诗人,散文家,1897年1月15日出生在浙江省海宁县硖石镇一个富商家庭。他幼时在家塾读书,14岁时考入杭州府一中(后改名杭州第一中学),1915年夏从杭州第一中学毕业,同年12月,他同张幼仪结婚。张家是上海宝山罗店巨富,张幼仪之兄张君劢是中国近现代著名社会活动家。婚后,张君劢介绍

---

① 《我所知道的康桥》和《〈猛虎集〉序》均有叙述。

其转入上海浸信会学院。1916年徐志摩转入国立北洋大学法科预科，1917年北洋大学并入北京大学，徐志摩完成预科学业后，进入北京大学学习法科政治学。1918年，经张君劢介绍，徐志摩拜梁启超为师。同年，徐志摩自费赴美克拉克大学历史系学习。1919年9月，他入美国哥伦比亚大学经济系修硕士学位。1920年10月，他赴英国伦敦大学伦敦政治经济学院攻读博士学位。就在伦敦，24岁的徐志摩与16岁的林徽因相遇。其时，林徽因陪同父亲林长民游历欧陆，在伦敦圣玛丽学院学习。1920年冬，张幼仪到英国和丈夫团聚。1921年春，英国学者狄更生推荐其以特别生资格入剑桥大学皇家学院学习。同年秋，徐志摩送张幼仪到德国留学。1921年10月，林徽因随父赴法回国。1921年年底，他们抵上海。林长民政学系的同事加老友梁启超派人接林徽因入京，让她进入培华女中读书。1922年春，梁、林两家对梁思成和林徽因的婚事"已有成言"。1922年3月，徐志摩在德国柏林与张幼仪离婚。同年8月启程回国，10月15日抵达上海，不久到北京。其时，梁思成与林徽因已在松坡图书馆读书、约会，徐志摩也常凑过去当"电灯泡"，梁思成不胜其扰，便在门上贴了一张纸条，上书"Lovers want to left alone"（情人不愿受扰）。1923年5月7日，梁思成骑摩托追国耻日游行队伍时摔坏了腿。林徽因到协和医院探望,悉心照料。期末,林徽因从培华中学毕业,考取半官费留学。

1924年4—5月,泰戈尔访华,徐志摩担任随从翻译。一次在北京日坛草坪演讲,林徽因扶携泰戈尔登台,徐志摩做翻译,当时报载:"林小姐人艳如花,和老诗人挟臂而行,加上长袍白面、郊寒岛瘦的徐志摩,有如苍松竹梅的一幅三友图。"一时京城传为美谈。5月8日,为泰戈尔63岁寿诞,在东单三条协和小礼堂演出剧作《齐德拉》,林徽因饰公主齐德拉,张歆海饰王子阿朱那,徐志摩饰爱神玛达那,林长民饰春神伐森塔。短暂的重聚,无望的爱情。连泰戈尔也看出了端倪。他有一首短诗《赠林》:"天空的蔚蓝,/爱上了大地的碧绿。/他们之间的微风叹了声,唉!"

同年6月,梁思成、林徽因同往美国留学,输在起跑线上的徐志摩出局。尽管他试图弯道超车,在毫无胜算的情况下悍然离婚,但是他越是做得果断、决绝,越是引起林徽因的惶恐和不安。

试想,一个16岁的花季少女,随父亲漂泊异国他乡,在孤独寂寞中自然期待友情和爱情。"理想的我老希望着有点浪漫的发生,或是有个人叩下门走进来坐在我对面同我谈话,或是同我坐在楼上炉边给我讲故事,最要紧的还是有个人要来爱我。我做着所有女孩做的梦,而实际上却只是天天落雨又落雨,我从不认识一个男朋友,从没有一个浪漫聪明的人来同我玩……"1937年,林徽因向沈从文回忆起自己当年随父客居伦敦的生活时,说了上面这段话。就在当年在伦敦的她那么想的时候,老天仿佛听到了她的心声,徐志摩出现在她的生活里。父亲的这位朋友,浪漫聪明,又是个天生会用情的人,林徽因自然会陶醉在两人的交往中。但当这位已婚的比自己大7岁的男子突然向她表示好感时,她惊慌失措了。她请父亲代她回信:"阁下用情之烈,令人感悚,徽亦惶惑不知何以为答。"林徽因正在惶惑时,这个男子就不顾一切地为她离婚了。比较而言,徐志摩似乎还不如林徽因成熟。

多年以后,林徽因曾对女儿说:"徐志摩当初爱的并不是真正的我,而是他用诗人的浪漫情绪想象出来的林徽因……"这句话委婉地对徐志摩的表错情做了一个总结。徐志摩并不是林徽因的知音。徐志摩看见的是风华绝代聪明灵秀的林徽因,他没有看到这颗玲珑心追求独立、自由、自强的内核。他看到了她感性的柔美,而忽略了她理性的强韧。

事实证明,梁思成和林徽因才是珠联璧合的一对。两人的契合度非常之高:门第相当,年龄相当,性情人品相似，兴趣爱好趋同。人们都津津乐道于徐志摩的风流倜傥，其实梁思成与之相比毫不逊色。1921年，林徽因回国后，被梁家接到北京，与梁思成再次相遇时，梁已是清华园里的风云人物，担任管乐队队长兼第一小号手、美术社编辑，还是体育健将。最主要的是，两人一起憧憬未来时，林徽因说她在伦敦时住在一对建筑师夫妇家里，从此立下了攻读建筑学的志向，梁思成立刻表示自己也要学习建筑学。一个秀外慧中的女性不仅自己的人生闪亮，而且可以照亮周围的人和事。林徽因就是这样，她使所有和她接近的人都起了变化。如果说，林徽因用女性的虹彩点燃了徐志摩的诗情的话，她又用理想的光芒照亮了梁思成的事业。费正清晚年回忆林徽因就曾说，"她是具有创造才华的作家、诗人，是一个具有丰富的审美能力和广博智力活动兴趣的妇女，而且她交际起来又洋溢着迷人的魅力。在这个家，或者她所在的任何场合，所有在场的人总是全都围绕着她转"。①

梁、林留美走后，失意的徐志摩遇到了失意的陆小曼。徐志摩又一次上演了追爱狂剧。这一次和上一次不同。上一次自己是"使君已有妇"，这一次是对方"罗敷自有夫"。

---

① 费正清：《费正清对华回忆录》，知识出版社，1991年5月版。

但剧情是相似的:"我们相识在不该相识的时候"。

1924年秋,徐志摩任北京大学教授,讲授英美文学和外文,同时主持新月社事务。他在新月社的活动中与京城名媛陆小曼相识。不久,二人坠入情网。陆小曼的父亲陆定曾出任北洋政府财政部司长,权倾一时。陆小曼自小就受琴棋书画的熏陶,9岁时随父到北平,15岁时入法国人开办的贵族学校——圣心学堂读书。为提高她的外语水平,父亲为她请了一位英国女教师教英文。1920年,北洋政府外交总长顾维钧聘用她兼职担任外交翻译,她于是名闻北平社交界。1922年,她由父母做主,嫁给了军界新星王赓。王赓毕业于清华大学,后入美国普林斯顿大学读哲学,又转西点军校攻读军事,1918年回国,供职于军部。1923年他晋升为陆军少将。军人只知一味地宠爱自己的夫人,不懂文艺圈的事儿。王赓在北京时,因忙于公事而不能陪伴陆小曼,常请好友徐志摩代劳。在王赓的纵容下,"富贵闲人"徐志摩和交际明星陆小曼感情迅速升温。1924年年底,王赓调任哈尔滨警察厅厅长,陆小曼在哈尔滨住不习惯,不多时又回到北京。与徐志摩双双出入社交场所。丈夫的不在场(北京)使陆小曼失去了挡箭牌,一时间,流言四起。赔了夫人又丢了朋友的王赓自是恼怒,陆小曼的父母也对她严加管束，陷入僵局的徐志摩不得已于1925年3月前往欧洲旅游，7月接陆小曼生病催他回国的电报，但赶回国来却是徒添烦恼，两人难得见面。眼看这场轰动京城的大戏就要落幕，事情突然有了转机。民国时代热心人多，除胡适等老朋友帮他游说外，刘海粟也挺身而出。刘海粟有三重身份：和徐、王二人都是朋友，又是陆小曼的绘画老师，还和陆小曼的母亲是同乡。在刘海粟的斡旋下，王赓终于同意离婚。1925年11月，徐、陆两人在北京租房同居。1926年2月，徐志摩回老家与父亲商议婚姻事，徐申如原则上同意，但附加条件非常耐人寻味：他必须先听听张幼仪的意见后，再决定对这桩婚事同意与否。在他看来，徐志摩和张幼仪在德国离婚并没有得到双方父母同意，是不算数的。现在，张幼仪仍然是他徐家的媳妇。言外之意，陆小曼入门必须得到正妻的承认。这等于把陆小曼视为姬妾了。这一拖又是几个月。夏天，张幼仪回到上海的第二天，去拜望徐申如，宣称自己不反对徐志摩和陆小曼的婚事。10月，徐、陆在北京北海公园结婚。婚礼由胡适主持，梁启超证婚并致词。梁启超的证婚词别具一格，流传甚广，大意是："徐志摩，你这人性情浮躁，在学问方面做不出成就，用情又不专，导致再婚再娶，以后务必要痛改前非，重新作人。""陆小曼，你和徐志摩都是过来人,我希望你能恪守妇道,检讨自己的个性和行为,离婚再婚都是你们性格的过失造成的……""我希望这是你们两个人这一辈子最后一次结婚!"

这桩不被亲属和世人祝福的婚姻,婚后不久,就开始走下坡路。到后来,连徐志摩那帮起哄架秧子的朋友也对陆小曼产生了不满。他们不满陆小曼的挥霍无度,一掷千金;不满她贪图安逸,懒散颓废,与翁瑞午交往,吸食鸦片;不愿看到她对徐志摩的消极影响而使诗人虚度光阴;不愿看到为供她无度消费而迫使诗人辛苦恣睢。

在徐、陆二人被婚后的经济问题、情感纠葛闹得焦头烂额的时候,梁、林二人顺利地完成了立业成家两件大事。1924年9月,梁、林二人一起进入宾夕法尼亚大学美术学院学习。梁思成如愿进入美术学院建筑系,林徽因则因建筑系不收女生而注册在美术系,同时,为实现自己的志愿,她选修了建筑系的主要课程。1927年夏,林徽因从美术学院毕业后,又入耶鲁大学戏剧学院学习舞台美术设计半年。1928年春,梁、林在加拿大温哥华梁思成的姐姐家结婚,随后赴欧洲参观古建筑。8月18日回京。9月双双受聘于东北大学建筑系,梁思成任主任、教授,林徽因教授雕塑史和专业英语。1929年8月,林徽因从东北回到北平,在协和医院生下女儿梁再冰(有纪念已故公公梁启超之意，梁启超书房雅号"饮冰室"）。1931年4月，梁思成应朱启钤之邀，到北平任中国营造学社法式部主任。9月林徽因亦应邀入社。11月19日晚，林徽因在北平协和小礼堂为外国使节演讲中国建筑艺术。为赶到北平出席林徽因演讲会，上午8时，徐志摩搭乘中国航空公司的邮政班机"济南号"启行。飞机飞行至党家庄一带忽遇大雾，驾驶员为寻觅航线，降低飞行高度，不慎触撞大山山顶。飞机失事，徐志摩遇难身亡，终年35岁。

歌德的诗剧《浮士德》里，写浮士德追求理想美幻游希腊古典世界，他找到了海伦并且和她结了婚，生下了欧福良。欧福良生来就喜欢跳跃，越跳越高，当他听到远方的人们为自由而斗争的信息的时候，就好像听到号令一样，向高处飞翔，结果落在他父母的脚下，形体立即消逝了。欧福良的形象是以英国诗人拜伦为原型的。崇拜拜伦的徐志摩也是欧福良。拜伦、徐志摩这一类浪漫主义者都有一个共同点，就是渴望飞翔，永不安分。朱自清就曾说徐志摩"是跳着溅着不舍昼夜的一道生命水"。"爱情在别处"是他们的爱情观。"生活在别处"是他们的生活信念。"直到我飞，飞，飞去太空，/散成沙，散成光，散成风。"（徐志摩《爱的灵感》）诗人的诗句一语成谶。

关于爱情与诗歌的关系，海涅有一首小诗说得有趣：

哪怕我用各种比喻
把你的美丽赞不绝口,
别担忧! 我不会把我的爱情
在世人面前泄露。

那热烈的秘密,
那深深隐秘的热情,
藏在一座百花林中,
藏匿得十分安静。

有一天,蔷薇丛中
飞出隐约的火花——别担忧!
世人不会把它当做火焰,
只会把它当做诗歌。

和海涅一样,徐志摩也是把他的爱情藏在一座诗的森林里。我们唯有从他的诗里来寻觅那"隐约的火花"。

蓝棣之先生在《徐志摩:诗化生活与分行的抒写》一文中写道:"徐志摩的诗是对'对方'期待内涵与水准的回答。说到底,他的诗是写给他爱的人爱他的人看的。所以，他的诗都有一个献给谁这样一个具体目标。《志摩的诗》初版本是'献给爸爸'的，《翡冷翠的一夜》是献给陆小曼的，《猛虎集》根据《献辞》，是献给林徽因的，《献辞》即《云游》一诗是对林徽因以尺棰笔名发表的《仍然》一诗的答复。"①林徽因是1930年左右在香山双清别墅休养的日子里开始提笔写作新诗的。1931年4月，《诗刊》第2期发表了她署名"尺棰"的两首诗:《那一晚》和《仍然》。《诗刊》的主编是徐志摩。徐志摩的回应也是两首诗:《你去》和《云游》。

余光中先生在解读《偶然》一诗时说："所谓偶然，就是中国人所说的'缘'……这该是一首情诗，写的是有缘的邂逅，无缘的结合，片时的惊喜，无限的惘然。语气以退为进，实重似轻，洒脱之中隐寓着留恋……所以表面上虽故示豁达，内心却是若有憾焉。在语调和情调上，表里之间对照的张力，正是《偶然》成功的地方。"

"有缘的邂逅，无缘的结合，片时的惊喜，无限的惘然"是对徐、林恋情最好的注解。这个解读适合关涉徐林的所有情诗。不同的是，林一旦认识到"有缘的邂逅，无缘的结合"的必然结局，就断然把生活和情感分开，生活中以

---

① 蓝棣之：《现代诗的情感与形式》，第41页，人民文学出版社，2002年版。

礼相守，过往真情则珍藏在心，并且不在意回味与流露这种感情，不刻意掩饰过往生活的留痕。而徐则不愿接受这个现实，久久不能释怀，反复在诗中诉说不甘。

### 那一晚

那一晚我的船推出了河心，
澄蓝的天上托着密密的星。
那一晚你的手牵着我的手，
迷惘的星夜封锁起重愁。
那一晚你和我分定了方向，
两人各认取个生活的模样。

到如今我的船仍然在海面飘，
细弱的桅杆常在风涛里摇。
到如今太阳只在我背后徘徊，
层层的阴影留守在我周围。
到如今我还记着那一晚的天，
星光、眼泪、白茫茫的江边！
到如今我还想念你岸上的耕种：
红花儿黄花儿朵朵的生动。

那一天我希望要走到了顶层，

蜜一般酿出那记忆的滋润。

那一天我要跨上带羽翼的箭，

望着你花园里射一个满弦。

那一天你要听到鸟般的歌唱，

那便是我静候着你的赞赏。

那一天你要看到零乱的花影，

那便是我私闯入当年的边境！

（原载1931年4月《诗刊》第2期，署名：尺棰）

《那一晚》是林徽因对这段隐秘情感的回望。首先是对往昔恋情的告别。"那一晚你和我分定了方向，/两人各认取个生活的模样。"自然，这诀别是不舍的：在星光满天的夜晚，船被推出了河心，离开了河岸和河岸上的花园。虽然不甘，但是星夜"迷惘"锁着重愁。这隐喻看不到前途的恋情。船象征着命运之舟，河岸、花园象征着憧憬的爱情，船离岸象征着爱情是可望而不可即的。其次是写分手后的失意和对往昔的怀想。此刻林徽因在病中，而梁思成则远在东北，孤独时林徽因难免怀想起往昔的时光："到如今我还想念你岸上的耕种:/红花儿黄花儿朵朵的生动。"

最后是一种"剪不断,理还乱"的情感流露。诗人既放逸自己的情感,去悬想这段情走到"顶层"、射一个"满弦",又对这种放逸有一个清醒的认识:"那一天你要看到零乱的花影,/那便是我私闯入当年的边境!"往事已矣!如果我的诗里流露出了对往昔的忆念,那也只是一种"过界"行为,并不想对目前的境遇有什么改变。

### 你去

你去,我也走,我们在此分手;
你上哪一条大路,你放心走,
你看那街灯一直亮到天边,
你只消跟从这光明的直线!
你先走,我站在此地望着你,
放轻些脚步,别教灰土扬起,
我要认清你的远去的身影,
直到距离使我认你不分明,
再不然我就叫响你的名字,
不断的提醒你有我在这里,
为消解荒街与深晚的荒凉,
目送你归去……

不，我自有主张，
你不必为我忧虑；你走大路，
我进这条小巷，你看那棵树，
高抵着天，我走到那边转弯，
再过去是一片荒野的凌乱：
有深潭，有浅洼，半亮着止水，
在夜芒中像是纷披的眼泪；
有石块，有钩刺胫踝的蔓草，
在期待过路人疏神时绊倒！
但你不必焦心，我有的是胆，
凶险的途程不能使我心寒。
等你走远了，我就大步向前，
这荒野有的是夜露的清鲜；
也不愁愁云深裹，但须风动，
云海里便波涌星斗的流汞；
更何况永远照彻我的心底；
有那颗不夜的明珠，我爱你！

徐诗也是写分手，写分手的不舍。前半部分是给对方的叮咛：即使分手了，我也会始终关注你的前路，我不会让你感到孤独，我会一直看着你远去；后半部分是对自己的激励:虽然前路坎坷、凶险,但我会在你走远后,大步向前。因为心里有"不夜的明珠"。最后竟情不自禁地喊出"我爱你"。"但须风动,/云海里便波涌星斗的流汞"这一句意味深长,似乎时刻准备着伺机而动。比较而言,林诗有所克制,更理性;而徐诗更冲动,更痴情。

**仍然**

你舒伸得像一湖水向着晴空里
白云,又像是一流冷涧,澄清
许我循着林岸穷究你的泉源:
我却仍然怀抱着百般的疑心
对你的每一个映影!

你展开像个千瓣的花朵!
鲜妍是你的每一瓣,更有芳沁,
那温存袭人的花气,伴着晚凉:
我说花儿,这正是春的捉弄人,
来偷取人们的痴情!

你又学叶叶的书篇随风吹展,

揭示你的每一个深思；每一角心境，
你的眼睛望着我，不断的在说话：
我却仍然没有回答，一片的沉静
永远守住我的魂灵。

　　林徽因的《仍然》堪称杰作。这标题就是一个宣言。这首诗显露无遗地坦陈了林徽因面对徐志摩追求的惶惑和不可更易的回答。第一节"你舒伸得像一湖水向着晴空里／白云，又像是一流冷涧，澄清"，这是林徽因对徐志摩的印象：舒展、澄清。这与徐的朋友们对他的看法是相吻合的。胡适《追忆志摩》中说："他的人生观真是一种'单纯信仰'，这里面只有三个大字：一个是爱，一个是自由，一个是美……他的一生的历史，只是他追求这个单纯信仰的实现的历史。""单纯"是友人对徐的共识。但，"我却仍然怀抱着百般的疑心"。第二节写徐志摩活泼好动、潇洒空灵的个性及不受羁绊的才华。"你展开像个千瓣的花朵！／鲜妍是你的每一瓣，更有芳沁"。但，任你花气袭人，焉知这不是春情的煽动，"来偷取人们的痴情"？还是怀疑。第三节，"你又学叶叶的书篇随风吹展，／揭示你的每一个深思；每一角心境"。可以想见当年在伦敦，徐志摩怎样像孔雀开屏一般炫耀自己五彩缤纷色泽鲜艳的尾屏，展示自己的学识才情，但，"我却仍然没有回答"。诗的最后揭开了谜底："一片的沉静 / 永远守住我的魂灵。"心如古井，波澜不生。因为在两人之间有一堵不可逾越的高墙。生于大家族的林徽因自幼见惯身为续弦的母亲的幽怨和嫉恨，聪慧如她岂能重蹈覆辙？再者，从林徽因留别徐志摩的信可以看出，她是不会把自己的幸福建筑在她人（张幼仪）的痛苦之上的。读了《仍然》，你便明了"仍然"是林徽因从在伦敦婉拒徐志摩起一直以来的态度。

## 云游

那天你翩翩的在空际云游，
自在，轻盈，你本不想停留
在天的那方或地的那角，
你的愉快是无拦阻的逍遥，
你更不经意在卑微的地面
有一流涧水，虽则你的明艳
在过路时点染了他的空灵，
使他惊醒，将你的倩影抱紧。

他抱紧的是绵密的忧愁，

因为美不能在风光中静止；
他要，你已飞渡万重的山头，
去更阔大的湖海投射影子！
他在为你消瘦，那一流涧水，
在无能的盼望，盼望你飞回！

徐志摩这首《云游》写于1931年7月，初以《献词》为题收入同年8月上海新月书店版《猛虎集》，后改此题载同年10月5日《诗刊》第3期。

《云游》承接《仍然》开头的"你舒伸得像一湖水向着晴空里／白云"，并袭用了云水相映的意象，把对方喻为云朵，把自己喻为"一涧流水"。云水的邂逅是偶然的。翩翩游云不经意地投映在水面上，但它的"明艳"却点染了涧水的"空灵"，"使他惊醒"。这即是《〈猛虎集〉序》里所说的："整十年前我吹着了一阵奇异的风，也许照着了什么奇异的月色，从此起我的思想就倾向于分行的抒写。"云朵的映照唤醒了流水，使他坠入情网，希冀云水永相依。第二节写失恋的痛苦。云朵转瞬间便又飞渡而去。"去更阔大的湖海投射影子！"这句诗含有多少委屈：失恋的痛苦使他谦卑地承认情敌是"更阔大的湖海"，理智告诉他，云和湖海是更适合永相依偎的。但作为消瘦憔悴的"那一流涧水",却仍痴心地"盼望你飞回"。读到最后一句,我们不禁为要痴情的诗人一掬伤心之泪了。

在徐、林的抒情诗中,这类互动的应答诗有好几组。例如脍炙人口《偶然》和《别丢掉》——尽管写《别丢掉》时二人已是幽明永隔。通过这些诗的对话,读者可以看到徐、林二人的真情流露,也可以看出二人性情的差异。徐感性多于理性,易冲动放纵,更自由不羁;林感性和理性是平衡的,较冷静克制,更洁身自爱。二人对待这段恋情或往事的不同态度,在徐,这是永恒的痛,永不甘心;在林,这是"过往的热情","回音"袅袅,永志不忘。

关于《猛虎集》的题名,有专家认为取自集中徐志摩的译诗布莱克的《猛虎》,但是如果把诗集看作是献给林徽因的,是否可以有另一种解释:苏洵《心术》中有"尺棰当猛虎"之语,林徽因的诗署名"尺棰",徐志摩应之曰"猛虎"。

徐志摩的一生是追爱的一生,是对个性解放、个体自由意志、爱与美的不懈追求的一生。他热烈追求爱、自由与美,追求人与自然的和谐。他那活泼好动、潇洒空灵的个性及不受羁绊的才华和谐地统一,形成了他抒情诗特有的飞动飘逸的艺术风格。他的许多优秀的诗歌直如缤纷散落的花雨,无拘无束,轻快明丽,且都是"从性灵深处来的诗句"。徐志摩与他的诗最好地诠释了"诗如其人"的说法。

人间最难得的是至情至性,徐志摩便是至情至性之人,他的诗是至情至性之诗。也许这就是徐志摩至今招人爱怜的缘故吧!

参考资料:
韩石山:《徐志摩传》,人民文学出版社,2010年版。

闻一多：《红烛·红豆篇》

红豆似的相思啊!

一粒粒的

坠进生命的瓷坛里了……

听他跳激底音声,

这般凄楚!

这般清切!

## 闻一多：《红烛·红豆篇》
### ——"情愿不自由，也是自由了"

红豆生南国，春来发几枝。
愿君多采撷，此物最相思。

这是王维著名的五绝《相思》。红豆是一种乔木，产于亚热带，果实赤如珊瑚，民间称之为"相思豆"。红豆是中国古典文学中常用的意象，常常被当作相思的象征。

《红烛》是闻一多第一部诗集，出版于1923年9月，共收诗103首，分为《李白篇》《雨夜篇》《青春篇》《孤雁篇》和《红豆篇》。其中前三组是在清华学校时写的，《孤雁篇》和《红豆篇》是留学时的作品。

闻一多到美国不久，便患上了思乡病。他在给朋友的信中说："不出国不知道想家的滋味……我想你读完这两首诗当不致误会以为我想的是狭义的'家'，不是，我所想的是中国的山川、中国的草木、中国的鸟兽，中国的屋宇——中国的人。"[①]《孤雁篇》便收入了闻一多大量抒发爱国思想情怀的诗歌。其中的名篇有《孤雁》《太

---

[①]《致吴景超》，《闻一多书信选集》，人民文学出版社，1986年版。

阳吟》和《忆菊》等。

不过，思乡病的直接诱因则是因思念亲人。1922年寒假，闻一多出国前夕，奉父母之命赶回浠水与姨表妹高孝贞（后改名高真）完婚。在此之前，两人仅见过一面，他们之间的感情完全是婚后逐渐培养起来的，是典型的先结婚后恋爱。就在新婚5个月后，闻一多就登上了赴美留学的客轮。新婚宴尔就匆匆离家负笈外洋，其相思之苦是可以想见的。《红豆篇》就是抒写这种相思之情的。

《红豆》是闻一多著名的爱情组诗，属于古典文学传统的"寄内"之作。要理解《红豆篇》中的诗，必须了解闻一多的结婚经历。

闻一多的婚姻是一桩旧式包办婚姻。闻一多八九岁时，家里就给他订下了娃娃亲，对方是比他小4岁的姨表妹高孝贞。后来，闻一多到清华学校读书，接受了"五四"新文化运动的影响，他有没有像《围城》中方鸿渐似的写信回去要求解除婚约，我们不得而知。不过从他在大婚之日写给梁实秋的信，大约可以了解他对这桩婚事的看法："我此生只肯以诗为妻、以画为子"。这种消极抵抗的态度贯穿了整个新婚生活。新婚后，闻一多大部分时间泡在书房，校订、增广他那篇《律诗的研究》，完稿后还写了一首七律《蜜月著〈律诗的研究〉脱稿赋感》。不过，新婚毕竟是甜蜜的。"红袖添香夜读书"的光景与在海外感受到的民族歧视、冷酷的人际关系是多么大的反差。闻一多患上相思病就不奇怪了。

在闻家有一个传说，说是闻一多新婚不久即赴美留学，临行前和妻子相约，每到一个地方就给她写一封信。依照约定，闻一多情书不绝，而高孝贞则绝少回复。闻一多不得其解，在信中大发雷霆："你死了，不给我回信！"高孝贞这才讲出了实情。原来闻一多的父亲担心他儿女情长影响学业，将他的大部分信件都"截获"了。1923年寒假，闻一多收到家信，得知他们的第一个孩子就要出世了。他非常激动："情思大变，连于五昼夜作《红豆》五十首。现经删削，并旧作一首，共存四十二首为《红豆之什》。"[①]

《红豆篇》呈现了"五四"新旧交替时代作为"历史中间物"的闻一多对待爱情婚姻的真实而复杂的心态、情感。

《红豆篇》共42首。第一首可看作《红豆篇》的序诗。

红豆似的相思啊！
一粒粒的
坠进生命的瓷坛里了……

---

① 《致梁实秋》，《闻一多书信选集》，人民文学出版社，1986年版。

听他跳激底音声，

这般凄楚！

这般清切！

红豆即相思，一粒粒的红豆即一缕缕的相思之情，坠进生命的瓷坛即一缕缕的相思情凝结成了这组记录生命历程的情诗。这组情诗的情调是凄楚的、清切的。

第二至二十一首，从不同侧面曲尽其妙地写相思之情。其中有用尽各种具体的意象来形容抽象的相思之情的。如相思是"火""有泪雨洒着"（二），相思是勒索路捐的关卡（三），相思是月光（五），相思是蚊子（六），相思是偷袭心防的敌人（七），相思是生命之原上的野烧（二十）……有因相思而产生的奇异想象，如隔绝东半球和西半球的太平洋竟是相思之泪汇成的（十）；有想象中爱人的形象：粉颊、湿蔷薇似的脸、背影等（十二、十三、十五）。其中第九首可谓构思精妙。

爱人啊！

将我作经线，

你作纬线，

命运织就了我们的婚姻之锦；

但是一帧回文锦哦!

横看是相思,
直看是相思,
顺看是相思,
倒看是相思,
怎么也看不出团圆二字。

这里借用了《璇玑图》的典故。相传晋时秦州刺史窦滔在外做官,妻子苏蕙日夜思念,于是费尽心机,织锦作"回文旋图诗",寄赠夫君,倾诉相思之情。据说此图800多字,无论正读、反读、横读、斜读,纵横往复皆成诗句。到了闻一多诗里,便成了"横看是相思,/直看是相思,/顺看是相思,/倒看是相思",且织就这帧回文锦的经纬线就是"我"和"你"。

第二十二首在组诗中的地位有点特殊。像是一个过渡,相思之情述说得差不多了,下面该吐露一下复杂隐曲的心思了。

我们的春又回来了,
我搜尽我的诗句,

忙写着红纸的宜春帖。
我也不妨就便写张
"百无禁忌"。
从此我若失错触了忌讳，
我们都不必介意罢！

尽管闻一多在婚前已经知道高孝贞和他在精神情感之间的差距，但既然接纳了她，就愿意引领她，提升她，携手并肩。他希望相互之间能敞开心扉，"百无禁忌"地交流思想情感。

因而，从第二十三至三十五首，闻一多开始理性地反思这一包办婚姻所带给他的复杂的感受。"我们"是什么：任风浪吹打的浮萍（二三）、被鞭丝抽拢抽散（二四）、被鱼肉的弱者和供在礼教龛前的牺牲（二五）、照着客人们吃喜酒的红蜡烛（二六）等。闻一多一吐为快地说出了包办婚姻给他带来的屈辱、辛酸和悲愤后，似乎又有些后悔：怕话说重了，毕竟对方也是包办婚姻的受害者。于是赶紧补上一首——二七：

若是我的话
讲得太多，

讲到末尾,
便胡讲一阵了,
请你只当我灶上的烟囱。
口里虽勃勃地吐着黑灰,
心里依旧是红热的。

意思说,只当我胡言乱语,不要太在意哦!
真的不在意吗?如果这样,闻一多就不会不可抑制地写出第三十首了!

他们削破了我的皮肉,
冒着险将伊的枝儿
强蛮地插在我的茎上。
如今我虽带着瘿肿的疤痕,
却开出从来没开过的花儿了。
他们是怎样狠心的聪明啊!
但每回我瞟出看花的人们
上下抛着眼珠儿,
打量着我的茎儿时,
我的脸就红了!

"嫁接"这一意象在此处是意味深长的。两个毫不相干、只见过一面的人被他人强制性地"嫁接"在一起。这一比喻非常形象地道出了包办婚姻的无理性、野蛮性。"瘿肿的疤痕"透露出了包办婚姻带给自己的精神痛苦。"开出从来没开过的花儿了"也许是暗示即将出世的孩子。这不是爱情的结晶,而是疤痕上开出的花。由此我们可以相当清晰地体悟到包办婚姻带给他的精神创伤。对于这一"嫁接"的屈辱,诗人是敏感的,他不愿人们打量、忖度他的婚姻。

在冷静地反思后,他清楚地意识到文化上的差距是夫妻之间很难弥合的"界石"(三一),对今后的夫妻关系似乎有一些悲观(三二至三五)。

从第三十六至四十首,诗人似乎又重拾信心。他先是回顾了新婚的幸福时光:"亲手掀起了伊的红盖帕"的私语(三六)、初夜新房的喜字(三七)、如张敞画眉般的闺房之乐(三八)。第三十九首则努力地将爱人的形象与"安琪儿"叠化为一体,以此来重申自己希望通过提升爱人的文化修养而使夫妻琴瑟和谐的信念。换言之,这未尝不是以幻想的方式弭平这难以补偿的遗憾。

至此,闻一多以悬崖勒马的气势收住了"百无禁忌"的反思与感伤的思绪,坚定了相濡以沫共同生活的信心(四〇)。

第四十一首是红豆组诗的总结。

> 有酸的，有甜的，有苦的，有辣的。
> 豆子都是红色的，
> 味道却不同了。
> 辣的先让礼教尝尝！
> 苦的我们分着囫囵地吞下。
> 酸的酸得象梅子一般，
> 不妨细嚼着止止我们的渴。
> 甜的呢！
> 啊！甜的红豆都分送给邻家作种子罢！

这是诗人对他们五味杂陈的婚姻的评估。无论辣的、苦的、酸的都自己吞咽下吧，甜的送给邻家做种子——希望邻家的孩子可以享受纯粹的甜蜜爱情。这一节使人想起鲁迅先生《我们现在怎样做父亲》中的名言："自己背着因袭的重担，肩住了黑暗的闸门，放他们到宽阔光明的地方去；此后幸福的度日，合理的做人。"

第四十二首是尾声。

> 我唱过了各样的歌儿，

单单忘记了你。
但我的歌儿该当越唱越新,越美。
这些最后唱的最美的歌儿,
一字一颗明珠,
一字一颗热泪。
我的皇后啊!
这些算了我赎罪的菲仪,
这些我跪着捧献给你。

"寄内"的诗自然要奉献给爱人。但为什么要说"我唱过了各样的歌儿,/单单忘记了你",为什么要说"赎罪"?这是因为,闻一多在组诗中情不自禁地流露出了对包办婚姻的不满、愤慨和抗拒。他担心会引起高孝贞的误会:把对包办婚姻的不满误解成对她的指责(而她也是无辜的受害者)。所以他特意指出:"这些最后唱的"歌儿"最美"。诗的最后,闻一多又重新建立起对婚姻的信心,激起了对高孝贞的柔情蜜意。

《红豆》是一个绝好的文本。通过它,我们可以窥探到"五四"一代知识分子在爱情婚姻道路上首鼠两端的窘迫境遇和心路历程。

"五四"是一个新旧交替的时代。作为"历史中间物"

的"五四"一代知识分子,在思想上接受了民主、自由、平等、博爱等现代思想文化体系,他们勇猛地突破了封建文化的桎梏,提倡个性解放,主张婚姻自主。尤其是正值青春期的青年一代,受了西方爱情至上观念的影响,对恋爱自由、婚姻自主的口号,更是声声入耳,向往不已。在当时,个性解放主要就体现在对待爱情婚姻问题上,是否敢于冲破封建礼教、冲出家庭的束缚,大胆追求真爱。在这一风潮中,许多人不顾家人的反对,无视社会舆论的讨伐,毅然决然地跳出包办婚姻的泥潭,去追求个人的爱情幸福。但是更多的则是在社会、家庭和传统的重压下,不得已而妥协,在追求个人爱情幸福的道路上步履蹒跚或踟蹰不前。徐志摩、郁达夫代表了前一种类型,胡适、闻一多代表了后一种类型,而鲁迅、郭沫若则介乎两种类型之间。

正如托尔斯泰所说:幸福的家庭都是相似的,不幸的家庭各有各的不幸。每一段不幸的婚姻都有其个人的原因。

提到胡适和江冬秀的婚姻,就会想起唐德刚的戏言:"胡适大名重宇宙,小脚太太亦随之。"胡适14岁时便被母亲包办婚姻,订下了比他大一岁的江冬秀。这桩亲事对于家境不富裕的胡家来说,带有经济上的考量。订婚后,胡适先去上海,后又去美国读书。脚步越走越远,信件越来越少,传言却越来越多。有人说他娶了外国的洋婆娘（胡适正和韦莲司密切交往）。胡适的母亲便催促他回来完婚。胡适虽然不情愿，但自幼丧父、奉母甚孝的他自然不敢抗命。不得已，1917年年底，胡适回到安徽绩溪与江冬秀完婚。尽管后来又经历了和曹诚英相恋以至江冬秀"菜刀威胁事件"的风波，但胡适一生不曾离婚。"岂不爱自由？此意无人晓：情愿不自由，也是自由了。"（胡适《病中得冬秀书》）这几句诗最好地演绎了在胡适式婚姻中挣扎与无奈的心曲。

比起胡适，闻一多还是幸运的。第一，高孝贞不是小脚女人。第二，高孝贞是大家闺秀，有文化，婚后又在闻一多的支持下上了武汉女子师范学校。另外，闻一多出生于世家望族、书香门第，自幼受到正统的封建文化教育和士大夫家庭的影响，他身上所背负的传统包袱和封建束缚比起其他人来要沉重得多，也自觉得多。因而虽有对包办婚姻的抗拒心理，但并不强烈。从《红豆篇》可以看出，尽管闻一多意识到两人之间有着精神上的隔膜和文化上的差距，但他的想法不是离婚，去寻求真爱，而是试图以提升对方、缩小差距来弥补这一遗憾。

可以说，闻一多在面对旧式婚姻时，虽摆脱不掉内心的矛盾冲突、痛苦煎熬，但相对要弱一些。胡适的自评："吾于家庭之事，则从东方人；于社会国家政治之见解，则从西方人。"这件外衣套在闻一多的身上也合身。

闻一多出身故家,深受传统文化的影响,在清华园里,在留美期间,他始终保持强烈的民族自尊心和自豪感。他自称是东方的"老憨"。谁承想这个东方的"老憨",在美国却遭遇了最西方的浪漫奔袭。

1981年5月《诗刊》刊登了闻一多的一首诗:《相遇已成过去》。这首被埋没了半个多世纪的情诗,揭开了东方"老憨"闻一多深情、多情、浪漫的心灵一角。

欢悦的双睛,激动的心;
相遇已成过去,到了分手的时候,
温婉的微笑将变成苦笑,
不如在爱刚抽芽时就掐死苗头。

命运是一把无规律的梭子,
趁悲伤还未成章,改变还未晚,
让我们永为素丝的经纬线;
永远皎洁,不受俗爱的污染。

分手吧,我们的相逢已成过去,
任心灵忍受多大的饥渴和懊悔。

你友情的微笑对我已属梦想的非分，
更不敢企求叫你深情的微喟。

将来有一天也许我们重逢，
你的风姿更丰盈，而我则依然憔悴。
我的毫无愧色的爽快陈说，
"我们的缘很短，但也有过一回。"

我们一度相逢，来自西东，
我全身的血液，精神，如潮汹涌，
"但只那一度相逢，旋即分道。"
留下我的心永在长夜里怔忡。

  1925年写于纽约的这首诗，最早见于闻一多给梁实秋的一封信中的附诗，用英文写成，后经美籍华人学者许芥昱译成中文。原诗无题，发表时用诗中的诗句"相遇已成过去"为题。

  失恋、分手是爱情诗中最常见的素材。这一素材，古今中外都有许多名篇。如拜伦《雅典的少女》：

雅典的少女呵，在我们分别前，

> 把我的心,把我的心交还!
> 或者,既然它已经和我脱离,
> 留着它吧,把其余的也拿去!
> 请听一句我临别前的誓语:
> 你是我的生命,我爱你。

正如雅典女子表达爱情时送给爱人一块烧过的炭,其寓意"我为你燃烧了"。拜伦以燃烧的诗情歌咏爱情,全诗直抒胸臆,热情奔放,想象飞腾,最后一句"你是我的生命,我爱你"反复咏叹,读来令人热血沸腾,充满爱意,感受到爱情的伟大力量。

又如柳永的《雨霖铃》,先写分手时令人伤心的场景:"执手相看泪眼,竟无语凝噎",再写想象中的别后情景:"今宵酒醒何处?杨柳岸,晓风残月",创造出凄清冷落的怀人境界。

这正是中西爱情诗在情感表达方面的差异:中国古代情诗比起西洋情诗来显得温婉多了。读西洋情诗,你会为抒情主人公高昂的热情所吸引,情不自禁地热血沸腾,充满爱意,感受到爱情的伟大力量。而读中国古代爱情诗词,你会被婉转曲折、悲情缱绻的情意、复杂难言的情感的细腻传达所吸引,从而感受到情感世界的微妙。

闻一多的这首诗与西方爱情诗或中国古代爱情诗词都不同，堪称最出人意料、最别具一格的分手诗。

"欢悦的双睛，激动的心"写一见钟情的喜悦，给读者带来了丰饶的心理期待和美好的憧憬。但诗人紧接着却说："相遇已成过去，到了分手的时候"。这不啻给心旌摇荡的读者一瓢冷水，令人心脏骤然冰结。微笑成苦笑，爱苗刚萌芽便遭摧残。这大起大落的情绪变化使人猝不及防。理智瞬间便压倒情感，冷峻得有些残酷。只有刚烈如闻一多才有这悬崖勒马的气势。

第二节用了一个巧妙的比喻："命运是一把无规律的梭子"。这是化用命运女神的典故。命运女神是希腊神话中掌管所有人命运的女神，共有三位：克罗托纺织生命之线，拉刻西斯决定生命之线的长度，阿特洛波斯切断生命之线。闻一多把命运之神的纺锤转化为织布的梭子，顺理成章地引出了"趁悲伤还未成章"等诗句。联想起红豆组诗第九首的诗句"命运织就了我们的婚姻之锦"，这句诗的潜台词就很清楚了。西方式一见钟情的爱情遭遇到东方式包办婚姻的无情阻击！已婚的闻一多已无权谈情说爱，于是柏拉图式的精神恋爱便成了唯一的选择："让我们永为素丝的经纬线；/永远皎洁，不受俗爱的污染。"

第三节在决绝中含有留恋。越说得绝情越显得深情。

多少不忍、多少惋惜尽在不言中!

第四节写想象中的重逢。这正是离别的愁思"才下眉头,却上心头"。尚未分手,就想到了重逢。为什么重逢时"你的风姿更丰盈,而我则依然憔悴"?也许诗人设想,西方女子没有封建道德观念的束缚,自由、开放,可能会很快投入新的恋情,而自己则深受封建礼教束缚,永失真爱,唯有憔悴。"我们的缘很短,但也有过一回。"缘短情长,唯其短才珍贵、才难忘!

最后一节写永逝真爱的遗憾。尽管是自己毅然决然地"在爱刚抽芽时就掐死苗头",但仍难忘初恋时"我全身的血液,精神,如潮汹涌"。整首诗,只有"欢悦的双睛,激动的心"和这一句才显现出爱情的热烈奔放。而"留下我的心永在长夜里怔忡",则说明爱情尽管短暂,却刻骨铭心。

闻一多感情丰富热烈而又含蓄深沉,宏大狂放而又严谨沉潜,具有坚毅而壮美、庄严而峻烈的品格。生逢个性解放、感情激荡、充满理想的"五四"时代,风华正茂,书生意气,可谓情如烈火,不能自已;然而,封建文化的正统教育,世家望族、书香门第的熏陶与家教,束缚了他活泼浪漫的天性,抑制了他情感的自由奔流,养成了他老成持重的君子风度。诚如他自己所说:"浪漫'性'

我诚有的,浪漫'力'却不是我有的。"①这就造成了他个性与教养的冲突、激烈的思想感情与传统的行为模式之间的矛盾。这种深刻的矛盾在他的爱情生活中也打下了鲜明的烙印。《相遇已成过去》中种种复杂的心曲表达就是这种矛盾的体现。

这里既有获得爱情时的欣喜和心潮澎湃,又有毅然决然掐死爱苗的决绝;然而决绝中又含有多少不舍和痛惜,而不舍和痛惜终不能挽回决绝的心。闻一多宁愿经受情感的痛苦而不愿背弃旧式婚姻的道德伦常。最后还是"老成持重"的君子风度占了上风。"还君明珠双泪垂,恨不相逢未嫁时。"一场"欢悦""激动"的婚外恋刚刚报幕就这样匆匆降下了幕布。一幕喜剧或悲剧虽没有演成,但东西方文化、现代文明和传统道德在这里进行的激烈碰撞却构成了最好的戏剧冲突。一个浸润了传统文化影响的士子,一个"五四"风潮的冲浪者,一个热烈追求爱情的新青年,一个"发乎情而止乎礼"的东方君子,就这样奇异地被定格在这首诗里。

---

① 《致梁实秋》,《闻一多书信选集》,人民文学出版社,1986年版。

**参考资料:**

闻一多:《闻一多书信选集》,人民文学出版社,1986年版。

张建宏:《现代爱国三诗人——郭沫若 闻一多 艾青》,漓江出版社,1993年版。

朱湘：《采莲曲》

莲蓬呀子多,

两岸呀榴树婆娑;

喜鹊呀喧噪,

榴花呀落上新罗。

溪中,

采莲,

耳鬓边晕着微红。

风定,

风生,

风飀荡漾着歌声。

# 朱湘:《采莲曲》
## ——"时静,时闻,虚空里袅着歌音"

采石矶位于安徽省马鞍山市西南 5 公里处的长江南岸,南接著名米乡芜湖,北连六朝古都南京,峭壁千寻,突兀江流,历史悠久,名胜众多,素有"千古一秀"之美誉。采石矶最著名的名胜,就是"太白楼"和李白衣冠冢。唐五代王定保《唐摭言》说:"李白着宫锦袍,游采石江中,傲然自得,旁若无人,因醉入水中捉月而死。"这则李白水中捞月的传说给这座名山带来了浪漫的色彩。

1000 余年后,1933 年 12 月 5 日凌晨,在上海开往南京的"吉和号"的甲板上,在行至采石矶时,诗人朱湘从随身携带的小皮箱取出酒,倚着船舷,一边饮酒,一边读海涅的诗歌,然后纵身跃入江中,船员急投救生圈入水,但朱湘去意已决,弃而不用。顷刻,滔滔江水便卷走了这位被鲁迅称为"中国的济慈"的年轻生命!济慈生前为自己撰写了墓志铭:"这里躺着一个人,他的名字是写在水上的"。朱湘则把自己"投入泛滥的春江,/与落花一同漂去/无人知道的地方"(朱湘《葬我》)。

朱湘(1904—1933),字子沅,出生于湖南沅陵,原籍安徽太湖,诗人、学者。在清华园里,他与青年诗人饶孟侃、孙大雨和杨世恩并称为"清华四子"。在新月诗派中,他是和徐志摩、闻一多鼎足而立的三位代表诗人。朱湘的诗歌创作有《夏天》《草莽集》《石门集》和《永言集》四本诗歌集。

朱湘之死,在当时引起了文坛的震动。诗人之死被赋予了多重含义。主要的说法就是黑暗社会对知识分子的戕害,或者说诗人是以生命来殉诗歌。其实,只要了解诗人的身世,读一读诗人的诗集,就会明白,投水而死是这个富有才华而又高傲狷介、正直单纯而又孤僻脆弱的灵魂的必然选择,并且在他的诗歌作品中早已露出端倪。

浙江文艺出版社 1994 年 10 月出版的《朱湘诗全编》,共收录朱湘诗作 230 多首。在《全编》里,直接或间接涉及死亡话题的诗歌接近60首,高达诗歌总数的1/4。"死亡情结"可以说是朱湘诗歌创作的一个不容忽视的思想内容。

从第一部诗集《夏天》的第一首诗《死》,到弃世前5个月时写的《残诗》,死亡意识就时时闪现在朱湘的诗行里:"隐约高堂/惨淡灵床/灯光一暗一亮/想着辉煌的已往/油没了/灯一闪/熄了/蜿蜒一线白烟/从黑暗中腾上"(《死》)。"湖中间忽然腾起黑浪/一个个张口向我滚来/劲风卷着水丝的薄雾/吹得我的眼无法睁开/我独撑着这小舟/岸不知在天那头/只有些云疾驰而过呀/叫我向谁去申诉悲哀/我不能作水下的鱼/任是浪多大依旧游行/我不能作水上面的雁/任是水多长它不留停/我的舟尽着打圈/看看要沉下波澜/只是这样沉下去了呀/不象子胥也不象屈平/吞,让湖水吞起我的船/从此不需再吃苦担忧/……虽然绿水同紫泥/是我仅有的殓衣/这样灭亡了也算好呀/省得家人为我把泪流"(《残诗》)。

朱湘不仅在诗中多写死亡,而且用优美的文笔去赞叹、歌咏死亡。如悼念好友杨子惠的《死之胜利》,他写道:"屈原/挟着枯荷叶的衣衫/涌身投入汨罗江的波澜/李白/身披锦袍/跨在鲸背/乘风破浪/漂去了那'三山'"。在《寄思潜》一诗里,他说:"济慈的诗不死/身子早死了有何轻重"。他在寄给杨子惠的《爆竹》一诗里写爆竹:

"落下了尸骨／羽化了灵魂"。在《热情》一诗中,他写道:"我们把它一脚踢碎之后／展开双翼在大气内翱翔……／欢乐在我们的内心爆裂／把我们炸成了一片轻尘"。在《秋》中,他写道:"宁可死个枫叶的红／灿烂的狂舞天空／去追问南飞的鸿雁／驾着万里的长风"。从他的诗歌创作中死亡内容的诸多篇幅来看,朱湘短暂的一生中对于死亡这一主题,有过如此多的寻访,可见死亡在朱湘的意识里何其沉重。

认识死亡在朱湘是很早的记忆了。他3岁丧母,11岁亡父,父亲去世后,由在南京政府任职的大哥供养,寄人篱下。大哥性格暴躁,朱湘性情孤傲,心中积怨过深,易走极端,情绪常常失控。

朱湘的求学、婚姻和职业生涯也步履维艰。1919年,15岁的朱湘考入清华学校,因其诗才很快在清华园里有了名声。1923年冬,因抵制斋务处的早餐点名制,他故意迟到达27次,在记满三次大过后,终于"如愿"被清华开除。后因校长听闻他在校内外的诗名和才气,他才得以在好友孙大雨、罗念生的游说下复学。1927年9月,朱湘公派赴美留学。出国前,朱湘极为自信,计划用3年取得博士学位。在美国两年,朱湘先后换了三所大学,先后在威斯康星州劳伦斯大学、芝加哥大学和俄亥俄大学学习英国文学等课程。在劳伦斯大学,因上法文课时,读都德的小说,里面有一句话说"中国人像猴子",尽管教授很快向他道歉,他还是愤而退学。后来他转入芝加哥大学。然而时间不久,1929年春,他因教授怀疑他借书未还,加之一白人女生不愿与其同桌而再次愤然离去。最后他未能拿下一纸文凭,铩羽而归。关于留学事件,论者多把朱湘此举视为"民族气节"或"爱国",其实这是一种病态的自尊。

朱湘的婚姻带有戏剧性。就像《射雕英雄传》中杨铁心和郭啸天的盟约,不过这一次不是两名豪士,而是两位文官。1904年,朱道台和刘盐运使,在各自的妻子即将临盆时立下了盟约:若生女,即为姐妹;若生男,则做兄弟;若是一男一女,此生就是夫妇。总之要把两家通好世代相传。所以,朱湘打一出生便有了指腹为婚的妻子刘彩云(后朱湘为其改名刘霓君)。对于这个未婚妻,朱湘一开始并不认可。1923年冬,大哥千里迢迢带着刘彩云来和他相会,并决定带他回乡成婚。朱湘却不买账,拂袖而去。恰在此时,朱湘被清华学校除名了。他孤身一人到了上海,开始了卖文为生的贫寒生活。他呕心沥血创作诗歌,兼写文学评论文章,尽管入不敷出,时有断炊之忧,但在度过了一段艰辛的日子后,经过辛勤的耕耘,他的境遇开始好转,上海的知名刊物《文学周刊》发表了他不少作品。他的名气越来越大。就在这时，大哥告诉他，刘霓君也在上海一家纱厂做洗衣工，生活艰难。朱湘便去探望她。第二次去时，她正发烧，病倒在床。朱湘顿生愧疚、怜悯之心，同意了婚事。1924年，在南京大哥家举办的婚礼上，因大哥坚持要以家长身份接受新人的跪拜礼，而朱湘则执意不从，只愿鞠躬行礼，大哥恼怒，大闹现场，朱湘则愤而离开，婚礼不欢而散。这是一个不好的兆头，婚后的生活苦难多于幸福，纠纷多于欢愉。1927年，朱湘获得公费赴美留学的名额，留下刘霓君和一双儿女在上海宝山的家中。留美期间，朱湘因诸事皆不如意，孤独寂寞，就把一腔热情倾注在与刘霓君的通信中，两年内共写书信106封。1929年，未完成学业的朱湘回到了妻子身边。很快，生活的艰辛使夫妻的感情出现了危机，争吵成了家常便饭。尤其是在第三个孩子因贫穷而夭折后，两人之间的嫌隙更大了。在人生最艰难的时候，朱湘和妻子没有相濡以沫、患难与共，而是无休止地怀疑和争吵，最终也是和妻子争吵过后扬长而去，船至半路，纵江身亡。

1929年，朱湘回国后即被安徽大学聘为英文系主任，月薪300大洋，可以说社会地位有了很大提高，经济上也有了大的改善。但好景不长，学校由于经费不足，常常拖欠工资，朱湘生活又陷于窘境。加之，朱湘介绍朋友来校任教未被学校接收，校方把"英文文学系"更名为"英文学系"等等，朱湘一怒之下辞去职务，发誓再不教书。离职后，清高孤傲的朱湘竟然毫无生计，到最后居然沦落到四处流浪的地步。

而早在留学前，朱湘就与文坛上的一帮朋友闹翻了，可以说是众叛亲离。1925—1927年间，是朱湘文学创作的巅峰期。他有《夏天》和《草莽集》两部诗集问世。1926年，朱湘参与徐志摩、闻一多等人创办的《晨报副刊·诗镌》的工作，被视为新月派中坚诗人，与徐志摩、闻一多鼎足而立。正当新月派诗人在新格律的旗帜下集合起来，准备大干一场时，朱湘又与这班朋友闹翻了。他先是批评闻一多刚出版的《屠龙集》，洋洋7000字，专从闻一多最引以为傲的格律、苦吟、音乐性、想象力等方面挑毛病。背后的原因则是：4月15日《晨报副刊·诗镌》第三期上，主编闻一多将自己的《死水》和《黄昏》，以及饶孟侃的《捣衣曲》排在版面上方，而将朱湘的《采莲曲》排在一个角落里，朱湘认为自己的作品最好，应该放在最显眼的位置，觉得闻一多是嫉妒他。接下来他又迁怒于徐志摩，公开说："瞧徐志摩那张尖嘴，就不像是作诗的人。"还发文称徐志摩"油滑"，"是一个假诗人，不过凭借学阀的势力以及读众的浅陋在那里招摇"。

朱湘求学路上跋前疐后,婚姻之屋倾斜颓圮,友谊小船说翻就翻,生活的路越走越窄。把这一切都归结于社会的黑暗,似乎有些说不过去。朱湘的悲剧是性格的悲剧。以朱湘的才华在民国时代本来可以混得风生水起,起码可以安居乐业。但他却暴殄天物,把一手好牌打得稀烂,一步步地把自己逼到绝境。他的性格中好像有一种自戕意识。所谓自戕意识是对扭曲自己人格精神的一种病态的报复和反抗。这是童年生活的不幸造成的。有自戕意识的人总是拒顺境而迎逆境,所谓"吾乐乎流涕,吾乐乎绝望"。朱湘不就是这样吗?15岁考进清华,文名大振,他偏偏宁被开除也要抵制校规;本来已拒绝了包办婚姻,又上赶着前去就范;渴望友谊也得到了友谊,又亲手把"友谊的阁楼"拆毁;没有拿到洋文凭还受到重金聘用,他却毫不介意地拂袖而去。他总是在形势大好时自毁前程,总是以细故而失大局,总是以更大的屈辱来维护自己的自尊。他似乎就是要更多地经历现实压力和人类苦难,就是喜欢咀嚼痛苦和自我折磨。

朱湘的人格分裂还不止于此。他的人生充满着矛盾、纠结和不如意,他性格暴躁、任性、易怒、好走极端,照理说,他的作品也该充满火气、怨恨、刻毒等。但是"文如其人"的说法在朱湘面前失效了。从朱湘的诗里不大容易看出痛苦和感伤,正与他的生活相反。朱湘的诗,尤其是那些他自认为满意的诗,风格都是恬淡平静的。沈从文评价说:"作者在生活一方面所显出的焦躁,是中国诗人中所没有的焦躁,然而由诗歌认识这人,却平静到使人吃惊","但《草莽集》中却缺少那种灵魂与官能的烦恼,没有昏瞀,没有粗暴。生活使作者性情乖僻,却并不使诗人在作品上显示纷乱。作者那种安详与细腻,因此使作者的诗,乃在一个带着古典与奢华而成就的地位上存在,去整个的文学兴味离远了"。①

朱湘的诗多歌吟青春的热情、游子的哀怨、愤世者的孤高以及哲理玄思,受古典诗词影响较深,于精心构思中,显示了轻倩婉妙的风格。

朱湘的生活是一幕悲剧,然而悲剧却转化成了艺术。诗人感到"酸辛充满了这人世之中",但他试图逃避,试图超越现实的喧嚣、焦虑与痛苦,而进入一个宁谧的、静美的、春风和煦的幻美境界。诗歌便成了他的遁逃之路。只有在诗里,在那个自设的桃源般的世界里,他才得到休憩,得到解脱。《草莽集》里最有特色的作品,如《采莲

---

① 沈从文:《论朱湘的诗》,《文艺月刊》,1931年第3卷第1期。

曲》《催妆曲》《晓朝曲》《摇篮歌》《昭君出塞》《婚歌》等，都写得"工稳美丽"。

《采莲曲》是他的代表作。

小船啊轻飘，
杨柳呀风里颠摇；
荷叶呀翠盖，
荷花呀人样娇娆。
日落，
微波，
金丝闪动过小河。
左行，
右撑，
莲舟上扬起歌声。

菡萏呀半开，
蜂蝶呀不许轻来，
绿水呀相伴，
清净呀不染尘埃。
溪间，
采莲，

水珠滑走过荷钱。
拍紧,
拍轻,
桨声应答着歌声。

藕心呀丝长,
羞涩呀水底深藏;
不见呀蚕茧,
丝多呀蛹裹中央?
溪头,
采藕,
女郎要采又夷犹。
波沉,
波升,
波上抑扬着歌声。

莲蓬呀子多,
两岸呀榴树婆娑;
喜鹊呀喧噪,
榴花呀落上新罗。
溪中,

采莲,

耳鬓边晕着微红。

风定,

风生,

风飕荡漾着歌声。

升了呀月钩,

明了呀织女牵牛;

薄雾呀拂水,

凉风呀飘去莲舟。

花芳,

衣香,

消溶入一片苍茫;

时静,

时闻,

虚空里袅着歌音。

朱湘对于古典题材情有独钟,他的许多诗歌都与古典词和民间歌谣有关联。《采莲曲》出自乐府。《昭君出塞》是一个传统题材,许多名诗人都写过。叙事长诗《王娇》则取材于话本小说《王娇鸾百年长恨》。它如《催妆曲》

《晓朝曲》《摇篮歌》《婚歌》等，都是民间谣曲形式。

《采莲曲》为乐府旧题。内容多描写江南一带水乡风光，采莲女的劳动生活场景，以及在劳动中对纯洁爱情的向往。著名的有汉乐府《江南可采莲》《涉江采芙蓉》和南朝民歌《西洲曲》等，唐诗名家如李白、王昌龄、白居易、皇甫松等都写过采莲曲。朱湘的这首《采莲曲》继承了古典诗词的优良传统，尤其是从民歌中获取新鲜滋养的传统路径，为新诗广泛地撷取古典资源的营养，以期更加丰满开辟了一条新路。

《采莲曲》深得古典诗词含蓄蕴藉之神韵。诗中没有着意写人，但通过流动的画面，有声、有色、有味地把采莲女恋爱中的欢快和羞怯含蓄地渲染烘托表现了出来。全诗5节，每节都是水乡景语，也都是水乡情语。第一节，日落时分，金波荡漾的小河，杨柳依依，翠叶如盖，莲舟轻摇。"荷花呀人样娇娆"，用语非常新奇，一般都是以花喻人，如夸赞人艳如花，这里则以人喻花，暗示花美人更美，写景是为了衬托人。"莲舟上扬起歌声"引出了劳动中的采莲女，她是美丽的、欢快的。第二节，"菡萏半开"隐喻含苞待放的少女。"不染尘埃"喻其洁身自好，"可远观而不可亵玩"。如果说第一节是写采莲女的外貌美，第二节就是写采莲女的内在美。自周敦颐《爱莲说》

问世以来，莲花就成了清纯、坚贞的品格和高尚人格的象征。这一意象浸润在国人的血脉中，读者自然而然地会在莲花和采莲女之间产生联想。"水珠滑走过荷钱"一句写莲舟经过，摇桨时带起的水珠，像铜钱一样划过荷叶。画面真美，亏他想得出！第三节写采莲女羞涩的怀春之情。诗人运用民歌中常见的谐音双关手法："藕"即"偶"，"丝"即"思"。情窦初开的少女的情思是唯恐被人知晓的。古人写过："无端隔水抛莲子，遥被人知半日羞。"采莲女的春思就如深藏在水底的藕心的丝，又如被蚕丝把蛹裹在中央的蚕茧。蚕茧的比喻意味深长，预示着爱情的蛹将破茧成蝶。陷入恋情的人往往是犹疑不定的，"波沉""波升"隐喻采莲女波澜起伏的情思。第四节写得喜气洋洋，有一种结婚的景象。诗人写到了多子的莲蓬、多子的石榴、喧噪的喜鹊、榴花、新罗（罗绮做的新衣）等。似乎是写采莲女的遐想，想象自己做了新嫁娘。"风定"是沉入幻想时的入静，"风生"又回到了现实，听到了歌声，觉得不好意思，"耳鬓边晕着微红"。最后一节，不知不觉中，明月升起，凉风徐来，薄雾迷蒙，染了一身花香的采莲女摇着桨，溶入暮色，歌声时静时闻，似有若无，余音袅袅。"明了呀织女牵牛"不仅仅是把读者带入神话传说、爱情故事，还隐喻了男耕女织怡然自乐的东方社会的生活方式。

《采莲曲》是一首民歌风味的情诗,诗中多用民歌手法。如运用谐音双关词,古代民歌中有一套约定俗成的用法,如莲——怜(爱怜)、藕——偶(配偶)、丝——思(情思)等。民歌风味还体现在诗句的对偶和复沓上。全诗5节,每节均为10行,每行字数分别都是5、7、5、7、2、2、7、2、2、7,形成了回环往复的旋律。

在诗的音乐美方面,朱湘做出了辛勤的探索,他非常注意字音长短、轻重的交替与变换。诗中的2字行"左行""右撑""拍紧""拍轻"等,以先重后轻的韵表现采莲舟路过时随波上下的一种感觉,又好似船桨拨水的节奏。

在诗的形式美方面,参差的诗行,恰如采莲舟穿行于莲叶荷花间,形式与内容、情调水乳交融,犹如法国诗人阿波利奈尔的图画诗《米拉波桥》和《被刺杀的和平鸽》等。

《采莲曲》是诗人芳香的梦,是诗人理想的乌托邦。朱湘以此诗为中国新诗的民族化做出了可贵的贡献。正如沈从文所说,《采莲曲》"以一个东方民族的感情,对自然所感到的音乐与图画意味,由文字结合,成为一首诗,这文字,也是采取自己一个民族文学中所遗留的文字,用东方的声音,唱东方的歌曲"。

诗人的好友罗念生在悼念文字中写道:"不死也死了,是诗人的体魄,死了也不死,是诗人的诗。"

参考资料:
钱光培:《现代诗人朱湘研究》,北京燕山出版社,1987年版。

林徽因：《哭三弟恒》

———

弟弟，我已用这许多不美丽言语
 　　算是诗来追悼你，
 要相信我的心多苦，喉咙多哑，
 　你永不会回来了，我知道，
 青年的热血做了科学的代替；
 中国的悲怆永沉在我的心底。

# 林徽因:《哭三弟恒》
## ——"中国的悲怆永沉在我的心底"

从古到今,历史上有许多未解之谜。同时,历史还在不断地诞生着新的未解之谜。譬如有关二战中梁思成、林徽因保护日本京都、奈良名城,使之免于美军轰炸的传说。拯救论者言之凿凿,怀疑论者疑惑重重。

拯救论者的说法大致是这样的:1984年北京大学著名考古学家宿白访日期间透露,1947年他在北大听梁思成的课程,梁提到他于1945年曾给美军提出建议,不要轰炸日本的京都和奈良,因为京都和奈良是文化古城。1995年8月,在接受新华社记者王军采访时,宿白教授谈到此事,他说梁当时是在给北大博物馆专修科的学生讲授古代建筑。有一次课后闲聊,他又提起此事,梁思成表示,

1945年，他确实把京都和奈良的位置在地图上标明，看来这个图起作用了，因为这两个城市在战争中没有遭到轰炸。1986年，梁思成的弟子罗哲文在日本奈良参加名为《城市建设中如何保护文物古迹》的国际会议时，与奈良考古研究所的学术部主任菅谷文则相遇交谈时，菅谷希望从罗哲文处得到印证。罗哲文听了菅谷转述宿白的说法，立即回忆起在重庆时的情景：他们住在重庆上清寺中央研究院……每天，梁先生拿过来一些图纸，让罗哲文根据他事先用铅笔标出的符号，再用绘图仪器绘成正规的地图。罗哲文虽然没有详问图纸的内容，但大体可以看出，地图上许多属于日本占领区的范围。而梁先生用铅笔标出的，都是古城、古镇和古建筑文物的位置。还有一些地图甚至不是中国的。当时罗哲文虽然没有仔细加以辨识，但有两处他是深有印象的，那就是日本的古城京都和奈良。2010年，梁思成第二任妻子林洙接受日本媒体采访时首次声称：梁思成曾私下向她说过向美军航空部队提建议，拯救京都和奈良一事，但对外一直秘而不宣。2011年年初，再版的《梁思成、林徽因与我》一书中，林洙这样说："晚上我看他就'战区文物保存委员会'写了一份交代材料。第二天交给工宣队。他对我说：'因为给我的任务范围仅限于我国大陆，不包括日本，所以我提出的保护名单，不涉及日本本土。但尽管如此我还是向史克门建议美军不要轰炸日本的京都和奈良这两座历史文化名城。'"

怀疑论者的质疑大致如下：第一，罗哲文的说法与梁思成1968年就担任战区文物保存委员会副主任委员的"说明材料"存在两点冲突。一是时间不对，二是梁的说明材料中没有提到罗哲文参与此事。第二，记者王军在《城记》日文版序言中称："吴良镛现为清华大学教授、中国科学院院士和中国工程院院士。1998年3月，我向他求证当时的情况，他说并不清楚梁思成建议保护京都、奈良之事。"第三，林洙早年的回忆文章都未提及此事，2010年后突然增入相关情节。

2010年，奈良县一度拟于10月底举行平城迁都1300周年纪念典礼时，为梁思成树立一尊半身铜像以示感激。但因有质疑之声，认为"仅有口述史而没有书面证明梁思成曾提出保护京都和奈良的建议"，铜像安置计划最终搁浅。奈良县知事荒井正吾于该年8月3日在记者会上解释："现在无法确认是否是因为梁氏的劝告，奈良免遭轰炸，因此包括安置场所在内，我们要重新考虑。"①

以上争论没有涉及林徽因。但有一个说法，1945年，

---

① 参见谌旭彬《"梁思成拯救京都、奈良"是一个疑点重重的神话》，短史记，2017年2月22日。

盟军不得不做对奈良进行轰炸的准备时,为了最大限度地保护奈良的历史遗迹,需要一张标明详细文物地点的地图,而画这张图的,就是林徽因。

历史是慎重的。在没有发现书面材料之前,拯救古城之说只能作为未解之谜留给后人。只有待美军二战资料档案中的美军地图面世才能真相大白。

不过,历史也是有温度的。尽管目前尚不能证明梁、林拯救京都、奈良两座古城确有其事,但根据梁、林一贯的行事风格和高贵人格,凭着他们对建筑的热爱、对古建筑殚精竭虑的发掘、整理和保护,凭着他们在保卫北京城墙时不计利害的抗争,他们是会做出这样的选择和举动的。这应该是了解和尊重这对伉俪的读者都认可的吧!这一点,连质疑者也不否认。如果梁思成曾建议美军不要轰炸奈良和京都,那么,这种建议也是非正式的。

据说梁思成在解释他提出这个建议的原因时说:"要是从我个人感情出发,我是恨不得炸沉日本的。但建筑绝不是某一民族的,而是全人类文明的结晶。"

是啊,从个人而言,梁、林对日本帝国主义的侵略和罪行是恨之入骨的。这个家庭在抗战中牺牲了10位弟弟。

1932年,淞沪会战中,梁思成的弟弟梁思忠——清华大学出身、曾留学西点军校的炮兵上校在激战中因无医无药殉于阵中,年仅 25 岁。

1941 年 3 月 14 日,日军偷袭位于成都的中国空军双流基地,林徽因的弟弟林恒——一个中国飞行员悲壮殉国。

而在林恒遇难之前,作为"名誉家长",这个家庭就已经收到了多份阵亡通知书和包裹。

这是战争动乱年代里的一段奇遇。1937 年年底,梁思成夫妇从北平辗转多地到达长沙,在长沙遭遇了日军的空袭,他们一人抓起一个孩子正往楼下跑,一颗炮弹落在距他们居住地大门 16 米的地方,一阵巨大的冲击波将他们一家托到空中又摔到地上,幸运的是没有人受伤。从长沙到昆明时,梁思成因旅途劳顿,陈病复发,勉强支撑。流徙到贵州晃县时,林徽因突然感染了肺炎,高烧至 40℃。在大雨滂沱的雨夜,寻找可以落脚的旅馆时,梁思成突然听到了小提琴声,他循着琴声找到了一家客栈,房门打开后,是 8 个年轻人。年轻人得知他们的困境后,很快腾出了一个房间让他们一家住下。此时的林徽因已接近昏迷,在这里躺了两个星期,总算退烧了。那 8 个年轻人是中央航校的学员。巧合得很,不久,那 8 个年轻人又和他们在昆明重逢了,周日经常去探望他们,梁、林夫妇也把 8 人视为弟弟。毕业典礼时,8 个飞行员一致请求梁、林夫妻作为他们的家长来参加典礼。

相遇是美好的，永别却是撕心裂肺的痛。在接下来的几年里，梁家迎来了噩耗连连的日子。8个弟弟先后战死蓝天，一张张阵亡通知书寄到了这一对名誉家长手里。对于梁、林夫妇来说，每接到一次公函和遗物包裹，都是"耳存遗响，目想余颜，寝度伏枕，摧心剖肝"（潘岳《为任子咸妻作孤女泽兰哀辞》）。尤其是接到那个雨夜拉琴的年轻人的噩耗，真可谓"人琴俱亡"了。至1941年，林耀是8人中仅存的。他在一次空战中击落两架日军战机，负伤躺在医院里。1944年春，他伤愈归队，多次击落日机。同年6月，林耀在一次空战中殉国。

林耀的牺牲熄灭了林徽因对弟弟们残存的最后一丝亮光。她再也压抑不住心头的悲愤，因三弟林恒之死而掩埋心头三年的血泪终于迸发而出，这首哀婉的长诗就是《哭三弟恒》。同时也是祭奠梁思忠和那8位小弟弟以及在抗战中英勇牺牲的千千万万的年轻生命。

弟弟，我没有适合时代的语言
来哀悼你的死；
它是时代向你的要求，
简单的，你给了。
这冷酷简单的壮烈是时代的诗

这沉默的光荣是你。

假使在这不可免的真实上
多给了悲哀,我想呼喊,
那是——你自己也明了——
因为你走得太早,
太早了,弟弟,难为你的勇敢,
机械的落伍,你的机会太惨!

三年了,你阵亡在成都上空,
这三年的时间所做成的不同,
如果我向你说来,你别悲伤,
因为多半不是我们老国,
而是他人在时代中碾动,
我们灵魂流血,炸成了窟窿。

我们已有了盟友、物资同军火,
正是你所曾经希望过。
我记得,记得当时我怎样同你
讨论又讨论,点算又点算,
每一天你是那样耐性的等着,

每天却空的过去,慢得像骆驼!

现在驱逐机已非当日你最理想
驾驶的"老鹰式七五"那样——
那样笨,那样慢,啊,弟弟不要伤心,
你已做到你们所能做的,
别说是谁误了你,是时代无法衡量,
中国还要上前,黑夜在等天亮。

弟弟,我已用这许多不美丽言语
算是诗来追悼你,
要相信我的心多苦,喉咙多哑,
你永不会回来了,我知道,
青年的热血做了科学的代替;
中国的悲怆永沉在我的心底。

啊,你别难过,难过了我给不出安慰。
我曾每日那样想过了几回:
你已给了你所有的,同你去的弟兄
也是一样,献出你们的生命;
已有的年轻一切;将来还有的机会,

可能的壮年工作,老年的智慧;

可能的情爱,家庭,儿女,及那所有
生的权利,喜悦;及生的纠纷!
你们给的真多,都为了谁?你相信
今后中国多少人的幸福要在
你的前头,比自己要紧;那不朽
中国的历史,还需要在世上永久。

你相信,你也做了,最后一切你交出。
我既完全明白,为何我还为着你哭?
只因你是个孩子却没有留什么给自己,
小时我盼着你的幸福,战时你的安全,
今天你没有儿女牵挂需要抚恤同安慰,
而万千国人像已忘掉,你死是为了谁!

1944年,李庄

(载1948年5月《文学杂志》2卷12期)

林徽因(1904—1955),汉族,福建福州人,出生于杭州。原名林徽音,出自《诗·大雅·思齐》:"大姒嗣徽音,则百斯男。"后因常被人误认为当时一男作家"林微音",

故改名"徽因"。中国著名建筑师、诗人和作家。

林恒是林徽因同父异母的兄弟。林长民的太太早逝，没有子嗣。林徽因是林长民续娶的何雪媛生的女儿。后来林长民又娶了上海女子程桂林。程氏一连生下几个儿子。出生于一个小镇的何雪媛受到冷落，委屈、怨恨，情绪很坏。她的坏脾气使童年、少年时代的林徽因终日生活在阴霾中。好在女儿林徽因聪明漂亮，又善于处理家庭关系、料理家事，很得父亲欢心。她常常不顾母亲的抱怨，悉心照料弟妹，和弟妹们关系亲密。1925年林长民逝世后，林徽因以长女身份连缀起几个弟妹。

1937年抗战全面爆发，住在总布胡同梁家的"三爷"——林恒，已经考入了清华大学，毅然投笔从戎，报考中央航空学校，成为航校第十期学员。1939年的夏天，林恒随学校迁到昆明，又和林徽因一家团聚了。1940年春天，林恒以优异的成绩毕业，在同班100多名学员中，名列第二，成为一名优秀的飞行员。

关于林恒的牺牲有两种说法。据梁从诫《悼中国空军抗日英烈》一文回忆："刚刚从航校第十期毕业的三舅林恒也在成都上空阵亡了。那一次，由于后方防空警戒系统的不力，大批日机已经飞临成都上空，我方仅有的几架驱逐机才得到命令，仓促起飞迎战，却已经太迟了。三舅的座机刚刚离开跑道，没有拉起来就被敌人居高临下地击落在离跑道尽头只有几百米的地方。"另据相关档案记载，林恒是在与日本当时新投入使用的零式战斗机空中格斗时中弹牺牲的。6月14日，接获日军飞机来袭的警报后，起飞迎战的是刚从苏联接收回来的31架伊153型新式飞机。当天中午，中国空军第三、第五大队共31架飞机在双流上空遭遇12架日军零式战斗机，但伊153型性能远落后于零式战斗机。整个战斗过程持续了将近30分钟，中国空军第五大队大队长、归国华侨黄新瑞，副大队长岑泽鎏，中队长周灵虚，以及江东胜、林恒、任贤、袁芳柄、陈鹏扬8人牺牲，13架飞机全毁，8架受伤。当时，林恒头部中弹，坠机于双流南门一带，时年23岁。当噩耗传来时，梁思成并没有立刻告诉林徽因。他借着去重庆出差的机会匆匆赶往成都，收殓了林恒的遗体，带回了林恒的遗物——一套军礼服，一把毕业时配发的"中正剑"。

不同于其他常见的悼亡诗的悲情缱绻，也不同于其他颂扬烈士之诗的慷慨激昂，这首诗的口气是冷峻的、诘问的。

第一、二节，诗人表示，年轻的飞行员献出自己的生命，这是"时代向你的要求"，"你给了"——献出了生命，以自己"沉默的光荣"，汇聚成壮烈的"时代的诗"。作为家人，在民族大义前，在时代与个人的天平前，只能压抑悲伤而接受事实。但诗人不能释怀的有两点：一是逝去的生命太年轻，就林恒而言，他才23岁；二是飞行员们多不是在对等的条件下与敌人格斗、较量，而是一开始就处于机械的劣势，他们的牺牲不是由于技术或勇气，而是因为中国空军军备落后，胜的"机会太惨"，生还的"机会太惨"。经常到梁家度周末的8个飞行员，就曾告诉他们，中国飞机都是老古董，飞行速度慢，灵活度差，空中抢高度时，要一圈圈地拉升，而日机则可以直接冲上天际俯射，自己只能等着挨打。当时刚刚起步的中国空军设备和战斗力远远落后于日本空军，所以空军飞行员的牺牲是最惨烈的。有资料显示，飞行员从航校毕业上战场到战死沙场平均只有6个月的时间。而许多飞行员还是因飞机故障"枉死"的。

三至六节，诗人就不能释怀的"机械的落伍"展开。诗人告诉"机会太惨"的三弟和其他弟弟：3年了，由于战局的发展，"我们已有了盟友、物资同军火"，空军的设备也有了改善，但"老国"的进步并不大。3年的时间换来的这点改善，是以"青年的热血做了科学的代替"为代价的。由于老国"机械的落伍"，只能用年轻人的血肉之躯来抵抗日寇的钢铁堡垒。诗人说："中国的悲怆永沉在我的心底。"可见诗人并不仅仅为弟弟和其他飞行员的牺牲感到悲哀，也为中国的落后、政府和军方的腐败无能而悲怆。

诗人最不能释怀的是年轻生命的陨落。最后三节，诗人哭诉年轻的生命如鲜花一样刚刚盛开就枯萎了。年轻的生命含孕着多少未来的幸福：青春、机遇、成年、情爱、家庭、儿女，生的权利、喜悦，生的纠纷。诗人感叹"你们给的真多"，并问道："都为了谁？"诗人代年轻的军人做了回答，"你相信"，一切为了祖国和人民！正是基于这一认识，最后诗人笔锋一转，自己盼着他幸福、安全的三弟，为了祖国和人民交出了一切的三弟，现在只有自己哀悼："而万千国人像已忘掉，你死是为了谁！"这是哀悼，也是诘问。这里隐含有对国人愚昧、麻木、冷血的愤慨，对政府当局抗战无力的抨击。

林徽因的诘问使我想起闻一多与潘光旦的一次深谈。潘光旦认为，按照生物学物竞天择、适者生存的原则，优胜劣败。但社会学反映的却往往不是这样。按优生观点，优秀的、先进的、勇敢的、健壮的人应该得到鼓励和繁殖，可是每当社会变革或爆发战争时，最易遭到不幸的恰是这一些人。潘先生惋惜地指出这是人类社会的损失，应叫作"反淘汰"。闻一多则不同意，他认为，正是一代代、一批批优秀的先进的人物，为社会进步、人民幸福而献身，才不断地促进社会的发展与进步。

林徽因在"遗忘"问题上的追问也许正是基于这样一个思路：优秀的年轻的生命为了"万千国人"的幸福而献身了，促进了社会的发展进步，而享受这一发展成果的芸芸大众却把他们遗忘了。"亲戚或余悲，他人亦已歌。"作为亲人在祭奠亡灵的时候，想起这些，怕是最不能释怀的吧！

可能由于林徽因有一个新月派诗人的标签吧，《哭三弟恒》在林徽因的诗作中影响并不大，在抗战文学史上也少有人提起。不过，从直面现实的黑暗、揭露"机械的落伍"背后当局的腐败无能这一意义上，这首诗和抗战时期艾青诗中对民族苦难的思考和"谁之罪"的诘问有南北呼应之效。

参考资料：

张清平：《林徽因传》，百花文艺出版社，2007年版。

梁从诫：《不重合的圈》，百花洲文艺出版社，2003年版。

朱力扬：《中国空军抗战记忆》，浙江大学出版社，2015年版。

陈应明、廖新华：《浴血长空：中国空军抗日战史》，航空工业出版社，2006年版。

沈从文:《我喜欢你》

我喜欢你,

你的聪明像一只鹿,

你的别的许多德性又像一匹羊,

我愿意来同羊温存,

又担心鹿因此受了虚惊,

故在你面前只得学成如此沉默;

(几乎近于抑郁了的沉默!)

你怎么能知?

# 沈从文：《我喜欢你》
## ——"我念诵着《雅歌》来希望你"

郁达夫写过一篇奇文，题目是《给一位文学青年的公开状》，发表在 1924 年 11 月 16 日《晨报副刊》上。公开状，也就是公开信。这封公开信竟然给一位写信向自己求救的文学青年出了两个馊主意：一是去当兵，给军阀做炮灰；二是去做贼。说到做贼，郁达夫甚至指导这位文学青年先偷自己（郁达夫）——练练手，他说自己也穷愁潦倒，家徒四壁，但"我有几本旧书，却很可以卖几个钱。你若来时，最好是预先通知我一下，我好多服一剂催眠药，早些睡下，因为近来身体不好，晚上老要失眠，怕与你的行动不便；还有一句话——你若来时，心肠应该要练得硬一点，不要因为是我的书的原因，致使你没有偷成，就放声大哭起来——"

这自然是一篇愤世嫉俗之作。而这位向他呼救的文学青年就是后来大名鼎鼎的沈从文。

当年的沈从文还是一名落拓的"北漂"，在断食3天后，病急乱投医地向素不相识的郁达夫求救。在一个下雪天，郁达夫来到湖南会馆，看望向他呼救的文学青年。当他一眼看到坐在冰冷的屋子里瑟瑟发抖的沈从文时，忙把自己的围巾摘下来，拍掉雪花，披在他身上；又用身上仅有的五元钱，请沈从文吃了一餐饭，并把找回的钱，全部奉送给他。两天后，郁达夫以激愤的笔触写下了这篇嬉笑怒骂的文章。这是两位文学巨匠的初次相逢。晚年的沈从文在接待郁达夫的后人时，还念念不忘，说"那情景一辈子也不会忘记的"。

沈从文（1902—1988），原名沈岳焕，湖南凤凰人，作家、古文物研究专家。他出身于一个行伍家庭，自小投身行伍，浪迹湘川黔交界地区。1922年他脱下军装，来到北京求学。但小学毕业的他只能在北大旁听。1924年，他开始进行文学创作，后来撰写出版了《长河》《边城》等小说。他1931—1933年在青岛大学任教，抗战全面爆发后到西南联大任教，1946年回到北京大学任教。新中国成立后，他在中国历史博物馆和中国社会科学院历史研究所工作，主要从事中国古代历史与文物的研究，著有《中国古代服饰研究》。

沈从文遇见的第一个贵人是郁达夫，第二个贵人是胡适。1929年，因徐志摩的介绍，时任上海中国公学校长的胡适聘请沈从文担任本校大学部讲师。对这一殊荣，连沈从文后来自己都说："适之先生最大的尝试并不是他的新诗《尝试集》，他把我这位没有上过学的无名小卒聘请到大学里来教书，这才是他最大胆的尝试。"不仅如此，胡适还亲自为这位大胆起用的老师当说客，希望本校一个女学生能够考虑他的求爱。这个女学生就是后来被誉为民国传奇的合肥"张家四姐妹"的老三——张兆和。

"张家四姐妹"依次为：张元和、张允和、张兆和、张充和。四姐妹后来都嫁了名人，他们依次为：昆曲名角顾传玠、著名语言文字学家周有光、作家沈从文、德裔美籍汉学家傅思汉。

合肥张家是名门望族，四姐妹的曾祖张树声是著名的淮军将领，在淮军中的地位仅次于李鸿章，曾任两广和直隶总督。四姐妹的父亲张冀牖，是著名的教育家，1921年变卖部分家产，在苏州独资兴办乐益女中；1925年，又创办一所男子中学——平林中学,自任两校校长。在父亲张冀牖的教导下,四位姐妹不仅受到良好教育,而且个个才华横溢,兰心蕙质。著名教育家叶圣陶曾说:"九如巷张家的四个才女,谁娶了她们都会过得很幸福。"

不知当时的沈从文有没有听到这句话,但他一眼便看中了张兆和。张兆和聪明可爱,单纯任性。身为校花,自然有许多追求者,她把他们编成了"青蛙一号""青蛙二号""青蛙三号"。二姐张允和取笑说,沈从文大约只能排"癞蛤蟆第十三号"。自卑木讷的沈从文不敢当面向张兆和表白爱情,便发挥了作家的优长,给自己的学生写起了情书。他的第一封信只有一句话:"我不知道为什么忽然爱上了你?"从1929年12月开始,短短的半年时间内,沈从文给张兆和写了几百封情书。对于沈从文掏心掏肺的情感攻势,张兆和始终保持着沉默。后来这件事在校园里闹得沸沸扬扬,甚至传闻沈从文要用自杀来表明自己的心迹。张兆和终于坐不住了。她收拾起一摞情书去找胡校长理论。她把信拿给校长,说老师骚扰学生,请校长管束。胡校长说:"我和你爸爸是同乡,是不是让我和你爸爸谈谈你们的事?"张兆和赶紧说:"不要讲。"胡校长说:"我知道沈从文很顽固地爱你。"张兆和马上回道:"我很顽固地不爱他!"不过,尽管三小姐"很顽固地不爱他",却也不能阻拦他很顽固地爱她。

1930年,沈从文因胡校长离职去了北大,遂离开中国公学,赴青岛大学任教。沈从文马拉松式的书信便源源不断地从青岛奔向上海。1932年7月张兆和从中国公学毕业回到了苏州。同年暑期,沈从文从青岛来苏州张家探访,并向张家提亲。在苏州停留一周的时间里,沈从文每天一早就来到张家,直到深夜才离开。在二姐张允和的促成下,张兆和终于向沈从文打开了心扉。

沈从文回到青岛后,立即给二姐允和写信,托她询问张父对婚事的态度。他在信里写道:"如爸爸同意,就早点让我知道,让我这个乡下人喝杯甜酒吧。"得到开明父亲的应允,两姐妹一起去邮局给沈从文发电报。张允和拟好的电报是:山东青岛大学沈从文允。张兆和的则是:沈从文乡下人喝杯甜酒吧。1933年9月9日,沈从文与张兆和在北平的中央公园举行了婚礼。

所有婚前轰轰烈烈的婚姻,婚后都有两个结局:或平平淡淡,或陡生波澜。沈从文和张兆和属于后者。从浪漫的爱情走向实际的婚姻,也许是在漫长的追求过程中已经耗尽了他的爱力,沈从文逐渐产生了爱情疲劳症。他需要新的刺激,很快这刺激便出现了。沈从文婚外恋的对象也是一个作家,笔名高青子。这是一次偶遇:高青子当时在沈从文的亲戚——民国第一任总理熊希龄家里做家庭教师。沈从文有事去拜访熊希龄。主人不在家，高青子接待了他，双方留下了良好的印象。第二次见面则是有预谋的，起码高青子是有意要使两人的感情向前推进。她特意身穿"绿地小黄花绸子夹衫，衣角袖口缘了一点紫"，沈从文发现，这正是自己一篇小说中女主人公的装束。他看破了这一秘密，而这正是对方要的效果。两人会心一笑，随即开始交往。这段婚外恋似断实连地维系了好几年，沈从文最后选择了回归家庭，高青子从此退出了沈从文的生活。

这种"灵魂的出轨"是大家闺秀张兆和所不能理解也不能原谅的。何况当时张兆和刚刚生下长子龙朱，还在医院里。她做梦也没有想到沈从文除了情书中温柔多情的形象之外，竟还有风流滥情的另一面。

1995年，张兆和在编完《从文家书》后，在"后记"中写道："从文同我相处，这一生，究竟是幸福还是不幸？得不到回答。我不理解他，不完全理解他……他不是完人，却是个稀有的善良的人。"

"我不理解他，不完全理解他。"可以说是沈从文与张兆和两人共同的心理感受。两人的心灵对话多半是一方滔滔不绝而另一方默默无语。如沈从文下面这首《对话》：

你说"我请你看你自己脚下的草,
如今已经绿到什么样子!
你明白了那个,
也会明白我为什么那么成天做诗。"

"你说水不会在青天沉默的,
　它一定要响;
鸟不会在青天沉默的,
　它一定要唱;
你为什么自己默默的,
　要我也默默的?"
"可是,你说的那草,
　它也是默默的。"

这首诗发表于 1931 年 9 月新月书店出版的《新月诗选》,署名沈从文。《对话》既是对当时情形的描绘(沈从文情书不断,张兆和不动声色),也是对两人婚后生活貌合神离的写照。

读沈从文的爱情诗和读他写给张兆和的情书是两种不同的感受。读情书时,你会惊艳于沈从文情书中那些唯美的诗句,那对心上人额眉低首的谦卑恭顺和那些奇思妙想的爱情感悟。如大家熟知的：

"我行过许多地方的桥，看过许多次数的云，喝过许多种类的酒，却只爱过一个正当最好年龄的人。"

"在青山绿水之间，我想牵着你的手，走过这座桥。桥上是绿叶红花，桥下是流水人家，桥的那头是青丝，桥的这头是白发。"

"我相信你从这纸上也可以听到一种摇橹人歌声的，因为这张纸差不多浸透了好听的歌声！"

"一切声音皆像冷得凝固了，只有船底的水声，轻轻的轻轻的流过去。这声音使人感觉到它，几乎不是耳朵，却只是想象。但当真却有声音。水手在烤火，在默默的烤火。"

"莫生我的气，许我在梦里，用嘴吻你的脚，我的自卑处，是觉得如一个奴隶蹲到地下用嘴接近你的脚，也近于十分亵渎了你的。"

多少柔情蜜意，多少温雅和顺，多么锦心绣口，多么情致婉转！

而读沈从文的爱情诗，则会发现在谦卑恭顺之外还有野性未驯的一面。如下面几首：

**无题**
妹子，你的一双眼睛能使人快乐，

我的心依恋在你身边,比羊在看羊的女人身边还要老实。

白白脸上流着汗水,我是走路倦了的人,
你是那有绿的枝叶的路槐,可以让我歇憩。

我如一张离了枝头日晒风吹的叶子,半死,
但是你嘴唇可以使它润泽,还有你颈脖同额。
五月十日,一个做梦的晚上

(1926年5月19日《晨报副刊》)

三个比喻是那样新颖灵巧,且都是源于自然意象,把对女性的崇敬、依赖和对女色的贪恋表达得既含蓄又明朗,既隐曲又传神,引人入胜。

**悔**
生着气样匆匆的走了,
这是我的过错罢。
旗杆上的旗帜,为风激动,
飏于天空,那是风的过错。
只请你原谅这风并不是有意!

春天来时，一切树上苏生，发芽。
你是我的春天。
春天去了能再归来，
难道你就让我长此萎悴下去么？

倘若你来时，
愿你也偷偷悄悄的来；
同春一样：莫给人知道，
把我从薔腾中摇醒。

你赠给我的那预约若有凭，
就从梦里来也好吧。
在那时你会将平日的端重减了一半，
亲嘴上我能恣肆不拘。
　　（1926年3月31日《晨报副刊》）

　　这首诗好似一封道歉信兼邀请函。先道歉，并辩解说"风并不是有意"，然后用春去春又来作比，邀请佳人再来。接下来出人意料地希望佳人"偷偷悄悄的来"，或者干脆从梦里来，为的是"亲嘴上我能恣肆不拘"。读这首小诗，就如观看一幕情人们赌气的轻喜剧，跌宕起伏，妙趣横生。

## 我喜欢你

你的聪明像一只鹿,

你的别的许多德性又像一匹羊;

我愿意来同羊温存,

又担心鹿因此受了虚惊:

故在你面前只得学成如此沉默,

(几乎近于抑郁了的沉默!)

  你怎么能知?


我贫乏到一切:

我不有美丽的毛羽,

并那用言语来装饰他热情的本能也无!

脸上不会像别人能挂上点殷勤,

嘴角也不会怎样来常深着微笑,

眼睛又是那样笨——

  追不上你意思所在。


别人对我无意中念到你的名字,

我心就抖战,身就沁汗!

并不当到别人,

只在那有星子的夜里,

我才敢低低喊你的名字。

（1926年3月10日《晨报副刊》，署名小兵，后分别收入1926年11月上海北新书局出版的《鸭子》集和1931年9月新月书店出版的《新月诗选》）

这首诗把一个自卑木讷的暗恋者的形象刻画得栩栩如生。第一节用"鹿"和"羊"的巧比妙喻来解释自己的沉默。第二节进一步凸显自己自卑内向的性格：不喜炫耀、不会来事、不解风情。第三节写自己卑微而热烈的爱：听见你的名字"心就抖战，身就沁汗"，深夜无人时才低低呼唤你的名字。相信每一个有过初恋羞涩的人都会在这首诗中找到自己的影子。

### 颂

说是总有那么一天，
你的身体成了我极熟的地方，
那转湾抹角，那小阜平冈；
一草一木我全知道清清楚楚，
虽在黑暗里我也不至于迷途。
如今这一天居然来了。

我嗅惯着了你身上的香味,
如同吃惯了樱桃的竹雀;
　辨得出樱桃香味。
樱桃与桑葚以及地莓味道的不同,
虽然这竹雀并不曾吃过
　桑葚与地莓也明白的。

你是一枝柳,
有风时是动,无风时是动:
但在大风摇你撼你一阵过后,
你再也不能动了。
我思量永远是风,是你的风。
　　于北京之窄而霉斋中

（1928 年 11 月 10 日《新月》第一卷 9 号,署名甲辰,后收入 1931 年 9 月新月书店出版的《新月诗选》）

《颂》歌吟爱,歌吟女性美好的躯体,表达对女性之美和自然之爱的追求,堪称性爱作品的典范之作。它把性爱的赤诚、狂野和肉感通过奇思妙想、奇譬妙喻转化、雅化为美的形象。诗人用自然山水比喻女性的身体,用吃惯了樱桃的竹雀比喻鱼水之欢,尤其令人叫绝的是,最后将情人之间的关系表述为风和柳的关系,巧妙隐晦地写出了性爱的狂野。这种大胆的描述和诗意的想象完全超出了常人的思维。这首诗虽和性有关,但一点也不显得污秽,它超越了低俗的描述和想象,其意境优美,可与王实甫《西厢记》、汤显祖《牡丹亭》或劳伦斯《查泰莱夫人的情人》中美丽而动人的性爱描写相媲美。

关于这首诗,蓝棣之先生说过,《颂》是自然主义的,确"有一点轻狂,一点荡"的。[①]其实这并不难理解。沈从文著名的爱情诗大多写于与张兆和相识前,是没有经过真爱净水淘洗过的青春荷尔蒙。

要理解和接纳沈从文的爱情诗,首先要了解沈从文的性爱观。在性爱方面,沈从文始终是反文明的。他把性爱称为"一场神圣的游戏",他称赞在大自然中发生的性爱。这与他的出生地和血统有关。沈从文出生在湘西,这是一个多民族混居的地方。沈从文虽是汉族人,但他身上有1/2土家族和1/4的苗族血统。众所周知,湘西苗族生性粗犷、豪放、热烈,较少受传统宗法礼制的约束,在性爱方面依然保持着淳朴狂野的半原始状态。沈从文的文学

---

① 蓝棣之:《现代诗的情感与形式》,第222页,人民文学出版社,2002年版。

创作中，在关涉性爱描写的许多篇章里，他撤除了所有对于人性的遮蔽，表现了对于原生态的生命现象的直面观照。

当然，要理解沈从文的爱情诗，还必须了解沈从文对《圣经·雅歌》的借鉴。沈从文自云他早期创作的两个伟大师父就是《史记》和《圣经》。下面是他的散文《西山的月》开头两节：

"求你将我放在你心上如印记，带在你臂上如戳记。"我念诵着《雅歌》来希望你，我的好人。

你的眼睛还没掉转来望我，只起了一个势，我早惊乱得同一只听到弹弓弦子响中的小雀了。我是这样怕与你灵魂接触，因为你太美丽了的缘故。

…………

读了这篇散文你就会知道《圣经·雅歌》对沈从文爱情诗的语言、句式、意象和表达方式等多方位的影响。

《文学中的色情动机》一书中写道："象征在爱情诗中所起的作用，尤其可以从《圣经·雅歌》中看出……这首历代最出名的爱情诗可以说充满了象征性的感性意象。它表明早期人类从任何事物中都看到情色之意，无论是鲜花、岩石和树木,还是从乡村、城市和动物。我们的祖先说的是性爱化了的语言。"

沈从文的爱情诗深得《圣经·雅歌》之精髓:天然、朴素、纯净。他的诗歌常用动植物来比喻,且经常袭用或化用《圣经·雅歌》常用的自然意象,如《无题》中的"妹子"(《圣经·雅歌》中有"我妹子,我新妇"等表述)、"看羊的女人"(《圣经·雅歌》中有牧羊女书拉密)。《我喜欢你》中的"鹿"和"羊"的比喻:"你的聪明像一只鹿,/你的别的许多德性又像一匹羊;/我愿意来同羊温存,/又担心鹿因此受了虚惊"。这显然来自《圣经·雅歌》的滋养。在《圣经·雅歌》中,对于爱情,至少提到21种植物来比喻,如玫瑰花、百合花、苹果树、葡萄树、香草等;用了15种动物来比喻,如鹿、羊、鸽子、狐狸、斑鸠、蜜蜂等。同时,沈从文不惮于对人体美的表达,写到了"白白的脸""嘴唇""颈脖和额"。尤其是《颂》,对女性人体和性爱的隐喻和《圣经·雅歌》此类描写有异曲同工之妙,大可细细玩味。这种单纯美丽的爱情表达只能出现在原始时代和有着原始思维的诗人笔下,正如陈梦家的评语所说的:"朴质无华的辞藻写出最动人的情调。"

参考资料:

凌宇:《沈从文正传》,江苏文艺出版社,2010年版。

殷夫：《别了，哥哥》

别了,哥哥,别了,

此后各走前途,

再见的机会是在,

当我们和你隶属着的阶级交了战火。

# 殷夫:《别了,哥哥》
## ——"这诗属于别一世界"

> 生命诚可贵,
> 爱情价更高;
> 若为自由故,
> 二者皆可抛!

这是匈牙利诗人裴多菲的一首短诗,译者殷夫。这首诗经由鲁迅的传播,而为广大中国读者所熟知。这里有一个动人的故事,也是文学传播史上的一段佳话。

在"左联五烈士"牺牲两周年之际,鲁迅先生写了一篇情深意挚的纪念文章《为了忘却的记念》。文中记叙了自己和"左联五烈士"的交往。其中着墨较多的就是柔石和白莽（即殷夫）。怀念故人，往往会想起他们的遗物，白莽留在鲁迅处有一本《裴多菲诗集》，在翻阅诗集时，鲁迅发现在一首《Wahlspruch》（格言）的旁边，有钢笔写的四行译文："生命诚可贵，爱情价更高；若为自由故，二者皆可抛！"这首译诗通过鲁迅先生的记述而得以面世。这首译诗像一首五言绝句，读起来朗朗上口，很符合中国读者的口味，再加上鲁迅先生在中国文坛的影响力，随着这篇文章被选入中学语文教材，这首诗的传播越来越广，人们在记住殷夫的同时，也记住了裴多菲和这首《自由与爱情》。殷夫和裴多菲以及他的格言诗在读者心头叠印成一座永久的纪念碑，它将永远激励着为自由而斗争的人类。

殷夫（1910—1931），原名徐柏庭，又名徐祖华，笔名一署白莽，浙江象山人，中国共产党党员，中国无产阶级的优秀诗人，"左联五烈士"之一，主要作品有诗集《孩儿塔》《伏尔加的黑浪》等。

由郭沫若、蒋光慈等初创的无产阶级诗歌创作，到了"革命文学"时代，得到了更大的推进。尤其是"左联"成立前后，随着普罗文学的开展，涌现出了一批红色诗人和不少以战斗号召为主要形式的政治抒情诗。殷夫便是其中的佼佼者。他的红色鼓动诗《血字》《别了，哥哥》代表着这一时期政治抒情诗所达到的高度。

《血字》是为纪念"五卅"惨案四周年而作的，全诗雄浑豪壮、粗犷刚健，以铿锵明快的节奏，表达了气吞山河的气魄，以激扬奔放的语言，勾勒出壮阔宏深的意境。

### 血字

血液写成的大字，
斜斜地躺在南京路，
这个难忘的日子——
润饰着一年一度……

血液写成的大字，
刻划着千万声的高呼，
这个难忘的日子——
几万个心灵暴怒……

血液写成的大字，
记录着冲突的经过，

这个难忘的日子——
狞笑着几多叛徒……


"五卅"哟!
立起来,在南京路走!
把你血的光芒射到天的尽头,
把你刚强的姿态投映到黄浦江口,
把你的洪钟般的预言震动宇宙!


今日他们的天堂,
他日他们的地狱,
今日我们的血液写成字,
异日他们的泪水可入浴。


我是一个叛乱的开始,
我也是历史的长子,
我是海燕,
我是时代的尖刺。


"五"要成为报复的枷子,
"卅"要成为囚禁仇敌的铁栅;

"五"要分成镰刀和铁锤,
"卅"要成为断铐和炮弹!……

四年的血液润饰够了,
两个血字不该再放光辉,
千万的心音够坚决了,
这个日子应该即刻消毁!

《血字》以神奇的想象,把"五卅"具象化为血液写成的两个大字——"五卅",又把"五卅"两个血字拟人化为一个昂首阔步的历史巨人,使其伟岸的身影成为中国无产阶级的象征。在诗的结尾,诗人巧妙地运用"五卅"的字形具象生动地表达了革命事业必胜的乐观豪情。

殷夫红色鼓动诗中的自我抒情主人公,既是无产阶级的"大我"——集体意志的化身,又带有强烈的个人色彩和情感表达方式。他的诗既是投向敌人的武器,又是高度艺术的结晶,在时代情感的抒发中融入了作家鲜明的艺术个性。这在早期无产阶级诗歌和20世纪30年代革命文学诗歌创作中都是不多见的。

《别了,哥哥》是殷夫的代表作,在鲜明的政治立场中不乏生动真实的诗歌意象和深厚的情感。诗中阶级对立的政治立场和兄弟间的手足情深构成了巨大的情感冲击力，令读者为之动容。

## 别了，哥哥

（算作是向一个 Class 的告别词吧！）

别了，我最亲爱的哥哥，
你的来函促成了我的决心，
恨的是不能握一握最后的手，
再独立地向前途踏进。

二十年来手足的爱和怜，
二十年来的保护和抚养，
请在这最后的一滴泪水里，
收回吧，作为恶梦一场。

你诚意的教导使我感激，
你牺牲的培植使我钦佩，
但这不能留住我不向你告别，
我不能不向别方转变。

在你的一方，哟，哥哥，
有的是，安逸，功业和名号，
是治者们荣赏的爵禄，
或是薄纸糊成的高帽。

只要我，答应一声说，
"我进去听指示的圈套"
我很容易能够获得一切，
从名号直至纸帽。

但你的弟弟现在饥渴，
饥渴着的是永久的真理，
不要荣誉，不要功建，
只望向真理的王国进礼。

因此机械的悲鸣了他的美梦，
因此劳苦群众的呼号震动心灵，
因此他尽日尽夜地忧愁，
想做个普罗米修斯偷给人间以光明。

真理和愤怒使他强硬,
他再不怕天帝的咆哮,
他要牺牲去他的生命,
更不要那纸糊的高帽。

这,就是你弟弟的前途,
这前途满站着危崖荆棘,
又有的是黑的死,和白的骨,
又有的是砭人肌筋的冰雹风雪。

但他决心要踏上前去,
真理的伟光在地平线下闪照,
死的恐怖都辟易远退,
热的心火会把冰雪溶消。

别了,哥哥,别了,
此后各走前途,
再见的机会是在,
当我们和你隶属着的阶级交了战火。

要理解这首诗,首先得梳理殷夫和大哥徐培根的真实关系，以及了解殷夫在思想激变时，对待亲情、爱情、革命的态度和在三者之间的取舍。

1910年6月11日，殷夫出生于浙江省象山县怀珠乡大徐村，父亲是个民间医生。殷夫12岁时，父亲病故。大哥徐培根比他大15岁，长兄如父。从殷夫短暂一生（22岁）所存的文字记载看，家族中和他关系密切的主要是大哥和小姊。

徐培根（1895—1991），字石城，浙江象山人，民国陆军二级上将，国防部次长，著名军事理论家。抗战时为五战区参谋长，辅佐李宗仁。三年内战时为白崇禧的参谋长，1949年到台湾后，任阳明山"国防研究院"上将主任12年。

大哥徐培根曾两次保释殷夫出狱。第一次在1927年四一二反革命政变后，殷夫因一个国民党员的告密而被捕，囚禁3月。这里有一个小插曲：徐培根在1927年1月"宁海之战"后，得蒋介石赏识，被任命为国民革命军总司令部参谋处处长，于3月26日随蒋由南昌到达上海。4月9日，蒋介石在上海部署完"四一二"，当晚即率部去了南京。还在上海时，大哥知道这个小弟的政治倾向，曾警告他"时局要变"。殷夫则报告了组织，组织要他"非把情况探出来不可"，当他再找大哥打探时已大哥踪影。4月中旬，殷夫被捕，他掏了4元钱收买了一个士兵帮他给大哥发了一封快信。当时在南京的徐培根被派往德国陆军大学留学深造，正打算把在杭州的家眷迁回象山老家去安置。他接到殷夫的求救信，赶到上海将殷夫保出后，就携同殷夫来到杭州与家人团聚。在此期间，徐培根以长兄的姿态，对殷夫动之以情，喻之以理，屡次规劝、告诫，希望他悬崖勒马，并以美好的前程诱导他。出狱后，殷夫进入同济大学预科学习德文。在德国的大哥还给他寄来《裴多菲诗选》以助益他学习德文。这即是鲁迅《为了忘却的记念》一文中所说的"又在第二叶上，写着'徐培根'三个字"。

1928年夏，殷夫第二次被国民党当局逮捕入狱。当时，大哥在德国，委托大嫂把他保释出狱，并把他送回家乡象山。殷夫暂时在小姊徐素云主持的女子小学任代课教师。在这里，殷夫第一次见到了与他通信3年的盛孰真。殷夫对她一见倾心。这一时期，是殷夫最痛苦、最彷徨的时期。一方面，他因失去组织关系而苦闷；另一方面，他需要在革命和爱情、亲情之间做出抉择。翻译裴多菲的《自由与爱情》也许就是在这段时间。这首诗可以看作是殷夫从一个小资产阶级向无产阶级革命战士转变的一个标志、一个宣言。

1929年年初，殷夫毅然斩断了爱情、亲情，离别家乡到上海寻找到党组织，从此成为一个从事地下秘密工作的职业革命家。同年7月，殷夫在组织上海丝厂罢工斗争中第三次被捕，遭到了毒打，在囚禁了一个时期后被释放。出狱后，殷夫很快恢复了工作，专门从事青年反帝大同盟、共产主义青年团和青年工人运动方面的工作。从1929年年末到1930年冬，他参加了共青团中央的机关刊物《列宁青年》的编辑工作，直到1931年春被捕牺牲。

　　《别了，哥哥》这首诗写于1929年4月12日，那天正是四一二反革命政变两周年。其时，他断绝了与家庭的联系，奋不顾身地投入到党的事业中。在接到大哥给他的又一封规劝信后，他奋笔写下了这首诗。

　　诗以书信体形式写成。书信体是作者思想感情的自然流露，最易调动作者的情绪。而殷夫写给哥哥的却是一封诀别信。这其中的感情该是多么复杂、多么激荡！诗题下有一行字："算作是向一个Class的告别词吧！""Class"意为"阶级"，所以这封诀别信不仅仅是给哥哥的，还是给哥哥所代表的敌对阶级的。兄弟之间的手足之情和敌对阶级的政治立场，构成了诗歌的巨大张力，给读者造成了强大的情感冲击波。

　　在讲究孝悌的中国社会，兄弟之情非常亲密神圣。兄弟诀别该是难舍难分、愁肠寸断的,有不舍,有柔情。"二十年来手足的爱和怜,/二十年来的保护和抚养""最后的手""最后的一滴泪水"都是真情的流露,"你诚意的教导使我感激,/你牺牲的培植使我钦佩"也是发自肺腑。但在信仰与亲情之间,在献身真理与追求安逸、功业和名号之间,如同在自由与爱情之间,诗人早就做出了果断抉择:明知追求真理的前途"满站着危崖荆棘","又有的是黑的死,和白的骨",仍然一往无前,"决心要踏上前去"。兄弟情谊敌不过阶级分野,富贵荣华也软化不了普罗米修斯的殉道精神。

人非草木,孰能无情?兄弟诀别,倍觉伤情。诀别后的兄弟如隔断崖,站在各自的阵营。阶级斗争是无情的,是战场上的兵戎相见。这该是怎样残酷的场景!这场景使人想到世界名画《贺拉斯兄弟之誓》。

贺拉斯是古罗马时代的一个家族。古罗马共和制时期,罗马人与比邻的伊特鲁利亚的古利茨亚人发生了战争,但双方的人民却有着通婚关系。为了避免一场大规模的流血厮杀,双方统领达成协议,各选三名勇士来进行格斗,以格斗胜败来判定罗马城和阿尔贝城的最高统治权属谁。贺拉斯三兄弟被选出来与敌人进行格斗,而敌方选出的则是库里亚斯三兄弟,但这两组兄弟中却有婚姻关系，贺拉斯兄弟中的一位的妻子是居里亚斯兄弟的姊妹，库里亚斯兄弟中的一位的未婚妻则是贺拉斯兄弟的姊妹。《贺拉斯兄弟之誓》，由法国著名画家大卫作于1784年，描绘了贺拉斯三兄弟在出征前向父亲宣誓的情景，而在画面右角则是三兄弟的母亲、妻子和姐妹，妇女的哭泣与勇士们的激昂气概形成了鲜明的对照。画家通过人物心理状态的多侧面揭示，使这个悲壮的戏剧场面更具有丰富的内涵。

贺拉斯三兄弟是为了民族存亡，为了拯救祖国，而斩断亲情，刚毅决绝上战场。殷夫则是为了无产阶级革命的胜利毅然决然与长兄诀别。

诗歌最后，诗人一再咏叹"别了""别了"，相当真实地抒发了兄弟惜别的依依深情。他意识到个人感情与阶级利益是冰炭不容，因而只能埋藏那份深情，"此后各走前途，/再见的机会是在，/当我们和你隶属着的阶级交了战火。"

这首诗的成功得益于书信体形式。书信体作为一种自由的表达方式，犹如与人对面晤谈，或叙事，或议论，便于抒发感情、阐述观点。同时，诗人采用白描、对比等手法，以真挚的诗情打动读者，显示了革命者的阔大胸襟和战斗风采。

殷夫就义时仅22岁,比他所敬仰的26岁牺牲的裴多菲还小4岁。

鲁迅在《白莽作〈孩儿塔〉序》中赞道:"这是东方的微光,是林中的响箭,是冬末的萌芽,是进军的第一步,是对于前驱者的爱的大纛,也是对于摧残者的憎的丰碑。一切所谓圆熟简练,静穆幽远之作,都无须来作比方,因为这诗属于别一世界。"[1]

---

[1] 鲁迅:《白莽作〈孩儿塔〉序》,《且介亭杂文集》,《鲁迅选集》第6卷,第314—315页。

参考资料:

参见丁景唐、陈长歌:《诗人殷夫的生平及其作品》,浙江人民出版社,1981年版。
参见王艾村:《殷夫被捕经徐培根保释后被"关在家里"考谬及对〈写给一个哥哥的回信〉之我见》,《上海鲁迅研究》2012年第2期,上海社会科学院出版社。

戴望舒:《雨巷》

---

撑着油纸伞,独自
彷徨在悠长,悠长
又寂寥的雨巷,
我希望飘过
一个丁香一样的
结着愁怨的姑娘。

# 戴望舒：《雨巷》
## ——"梦会开出娇妍的花来的"

中国诗歌史上有许多因诗而得雅称的诗人，如贺铸——"贺梅子"、张先——"张三影"。在现代诗坛上，最著名的例子就是"雨巷诗人"戴望舒。

戴望舒（1905—1950），浙江杭州人，笔名梦鸥，生于一个城市职员家庭，中学时代即与杜衡、施蛰存等切磋诗艺，办文艺刊物。1923年从杭州宗文中学毕业后，他考入上海大学中文系，1925年转入震旦大学法文班学习，对法国象征主义诗歌产生兴趣。大革命时期他与施蛰存、杜衡积极从事革命文艺，被称为"文坛三剑客"。"四一二"反革命政变后，他曾避难于松江。1928年，他到上海与施蛰存、杜衡等合办第一线书店。同年8月,他的成名作《雨巷》发表于《小说月报》。他1930年加入"左联",1932年与友人创办《现代》杂志。1932年11月,他赴法留学,先后在中法大学、巴黎大学旁听,并从事译著活动。1935年回国后,他与友人合办《新诗》月刊。抗战全面爆发后,他去了香港,主编《星岛日报》,与许地山一起负责香港文协工作。他1941年被捕入狱,1946年回上海,1948年因参加民主运动受国民党通缉又到香港。新中国成立后,他任新闻总署国际新闻局法文编辑。他著有诗集《我底记忆》《望舒草》《望舒诗稿》《灾难的岁月》。

《雨巷》作于1927年夏,诗人隐居于江苏松江,感受到了"在这个时代做中国人的苦恼"(杜衡语)。诗中循环、跌宕的旋律和复沓、回旋的音节,衬托了一种彷徨、徘徊的意境,传达了诗人寂寥、惆怅的心理情绪,从而间接地透露出痛苦、迷惘的时代氛围。

> 撑着油纸伞,独自
> 彷徨在悠长、悠长
> 又寂寥的雨巷,
> 我希望逢着
> 一个丁香一样的

结着愁怨的姑娘。

她是有
丁香一样的颜色,
丁香一样的芬芳,
丁香一样的忧愁,
在雨中哀怨,
哀怨又彷徨。

她彷徨在这寂寥的雨巷,
撑着油纸伞
像我一样,
像我一样地
默默彳亍着,
冷漠,凄清,又惆怅。

她静默地走近
走近,又投出
太息一般的眼光,
她飘过
像梦一般的,

像梦一般的凄婉迷茫。

像梦中飘过
一枝丁香的,
我身旁飘过这女郎;
她静默地远了,远了,
到了颓圮的篱墙,
走尽这雨巷。

在雨的哀曲里,
消了她的颜色,
散了她的芬芳
消散了,甚至她的
太息般的眼光,
丁香般的惆怅。

撑着油纸伞,独自
彷徨在悠长,悠长
又寂寥的雨巷,
我希望飘过
一个丁香一样的

> 结着愁怨的姑娘。

《雨巷》在 1928 年一发表，就引起了轰动。戴望舒从此名声大噪，赢得了"雨巷诗人"的雅称。连带着"雨巷"也引起了人们的好奇。杭州人说，诗中的雨巷就是戴望舒故居所在地大塔儿巷。1905 年，戴望舒出生在杭州大塔儿巷 11 号，1927 年诗人在这里写下了《雨巷》。苏州人则说，苏州市平江路丁香巷才是戴望舒笔下雨巷的原型。究竟哪里才是《雨巷》的原型，其实并不重要。如钱锺书先生说，如果你吃了某个鸡蛋觉得好，何必一定要见那只生蛋的老母鸡呢？

雨巷是江南的，是江南随处可见的。雨巷又是戴望舒独有的，是在那个雨季走进他生命中的一帧梦幻般的丽影。丁香或许是"丁香巷"引起的遐思，或许它只是芬芳如丁香一般飘进戴望舒心房的一位姑娘。

这位因《雨巷》而流芳的姑娘就是施绛年。她是戴望舒的好友施蛰存的妹妹。戴望舒和她相遇，是在 1927 大革命失败后，他到江苏松江（今上海市松江区）施蛰存家避难。此时的戴望舒正处于骤热遇冷、思绪纷乱、寂寞无主的彷徨期。施绛年比戴望舒小 5 岁，恰是青春年华，面容姣好，活泼开朗。如戴望舒《山行》的诗句："见了你朝霞的颜色，／便感到我落月的沉哀"。（"望舒"就是神话传说中替月亮驾车的天神，月亮的代称。屈原《离骚》："前望舒使先驱兮，后飞廉使奔属。"）在女性面前，戴望舒总是不自信（由于自身生理、性格上的缺陷——他童年时患天花，脸上留下了瘢痕，这给他留下难以释怀的隐痛），但又容易冲动、不能自拔，"可是不听你啼鸟的娇音，／我就要像流水地呜咽"。他奋不顾身地投入了爱波翻卷的河流。然而像许多不匹配的情缘一样，落花有意，流水无情。施绛年对兄长的这个朋友只有敬意没有爱意，作为一个有教养的女性，她没有当面拒绝，也没有欣然接受，而是以若即若离的态度来应对。这就造成了"多情却被无情恼"的微妙情势。爱河里的泅渡者时而欣喜时而悲伤，随波浮沉。诗集《我底记忆》里的大部分诗篇，都溅上了这种感情生活的水痕。

戴望舒在第一部诗集《我底记忆》的扉页上，印着 A Jeanne（给绛年）几个字，并用拉丁文题上了古罗马诗人 A. 提布卢斯的诗句。他自译为："愿我在最后的时间将来的时候看见你，愿我在垂死的时候用我的虚弱的手把握着你。"这题词，虽比不上民国时期另一位情种——吴宓的爱情宣言"吴宓苦恋毛彦文，三洲人士共知闻"，但也等于公开了自己的恋情。1928 年，戴望舒以跳楼相逼，施绛年无奈只得接受戴望舒。1931年,两人订婚,施绛年此时已爱上他人。她对戴望舒提出的条件是,戴望舒必须出国留学取得学位以保证以后经济无忧。第二年,戴望舒如约前往法国留学。到法国不久,听到施绛年移情别恋的消息,他伤心不已,无心学习。1935年5月,戴望舒回到上海,证实施绛年已移情别恋,他只得与施绛年登报解除婚约,结束了这段长达8年的苦恋。

不过,值得庆幸的是,写《雨巷》时的戴望舒并没有预料到这段苦恋最后可能化作一片"绛色的沉哀"(《林下的小语》)。否则,我们就读不到诗人这首名诗了。此时,在他眼里,"她是羞涩的,有着桃色的脸,/桃色的嘴唇,和一颗天青色的心"的"羞涩的恋人"(《我的恋人》)。诗人沉浸在桃色的、天青色的梦幻中。

"她飘过/像梦一般的,/像梦一般的凄婉迷茫。"《雨巷》带有一种梦幻的色彩。造成《雨巷》这种梦幻色彩的因素,首先在于诗人对主要意象——"雨""雨巷""丁香姑娘"——的选取。

雨,江南的梅雨,本就带有一种"壅塞的忧伤",如张爱玲说的,江南的人有一句话可以形容:"心里很'雾数'。"[1]这"雾数"就是闲愁。贺铸也用梅雨比喻闲愁:"试

---

[1] 张爱玲:《论写作》,见刘川鄂《私语·张爱玲散文选》,第270页,花城出版社,1990年版。

问闲愁都几许？一川烟草，满城风絮，梅子黄时雨"（《青玉案》）。雨巷，巷子是江南的特产，幽深，狭长，一个人走在里面，头顶一溜儿长天，既有一丝期待，又有一缕紧张，凄凄惶惶的，何况又有淅淅沥沥的雨声弹奏着凄凉。诗中，抒情主人公的形象是凄苦、惆怅的。在雨的哀曲里，抒情主人公的心头不禁升起一缕希冀，依稀看见一个"丁香一样的姑娘"。三个主要意象就构成了迷离朦胧的意境，诱引读者徜徉在江南烟雨和古典诗词营造的氛围中，在这个带有江南风味的、充满诗意的、情意缠绵的雨巷中低回徘徊，留恋不已。

《雨巷》是凄美的。其内在的美感，首先在于受法国象征派的影响，着力表现自我的感觉，追求意象的朦胧，用象征手法来抒情。

"雨巷"象征着追求爱情的路，漫长、孤独、彷徨；"丁香姑娘"象征着诗人的情感寄托。象征的好处就在于它不直接表现主观感受，而是借助意象、隐喻、通感等手法，间接地传达情调和意绪，带有含蓄和朦胧的特点。因而，象征意义往往是多义、多解的。你可以说悠长又寂寥的"雨巷"象征追求爱情道路上的漫长、孤独和彷徨，也可以用来象征追求理想道路上的漫长、孤独和漫长，还可以用来象征追求真理道路上的漫长、孤独和彷徨。同时，"雨巷"

还可以作为那个时代的象征，可以作为那个时代孤独、彷徨、哀怨的青年的象征。在诗中情调和意绪笼罩下的意义联想和想象都是合理的。

"撑着油纸伞，独自/彷徨在悠长、悠长/又寂寥的雨巷"，细密如织的雨，走不尽的雨巷，给人带来无穷的惆怅和感伤。第一句就为全诗定下了忧郁悲凉的基调。"我希望逢着/一个丁香一样的/结着愁怨的姑娘。"忧郁悲凉的调子闪现出了热情跃动的音符，一种寻觅知音携手同行的吁请。全诗就在这凄楚与吁请的旋律中展开了。失望和希望、幻灭和追求交织而成的双重情调，形成了诗的张力。

其次，更内在的美感来自古典氛围。诗人巧妙地借用了古典诗词名句"芭蕉不展丁香结，同向春风各自愁"（李商隐）和"青鸟不传云外信，丁香空结雨中愁"（李璟）的古典意象。丁香喻愁是古典诗歌的传统，诗人的高明之处，在于把这一古典意象拟人化、具象化为"一个丁香一样的结着愁怨的姑娘"，意象就成了象征。另外，诗中的地域特色非常鲜明。"油纸伞""丁香""雨巷""愁怨""颓圮的篱墙"等，既是江南小镇的写真，也暗示着一个"杏花春雨江南"的古典文化传统。《雨巷》所营造的古典诗词之美和江南风物之美的文化氛围，是读者熟稔的，这种亲切的氛围带给读者一见如故的感觉。这种读者内应力的开发，许是《雨巷》一鸣惊人的奥秘吧。

再次，《雨巷》的音乐美"替新诗的音节开了一个新的纪元"（叶圣陶语）。全诗音节优美，韵脚铿锵，每节押韵两到三次，同时还以复沓、重复等手法来强化全诗的音乐性，造成了低沉而回荡的旋律，流畅而富于变化的节奏，犹如一曲缠绵悱恻的江南丝竹。

《雨巷》为戴望舒带来了名声，但戴望舒并不满意。当诗坛盛赞《雨巷》的音乐性时，戴望舒却在诗论中指出："诗不能借重音乐，它应该去了音乐的成分。""诗的韵律不在字的抑扬顿挫上，而在诗的情绪的抑扬顿挫上，即在诗情的程度上。"（《论诗零札》）

《雨巷》以后，戴望舒的诗歌观念有了改变。从《我底记忆》开始，他的诗由外在的字句的节奏完全转向了内在的情绪的节奏，明显地转向了现代诗风。

他的情感生活也有了新的寄托。在爱情上，戴望舒好像是好友妹妹的收割机。好友穆时英看着诗人因失恋而陷入了一种无名状的痛苦，就将自己的妹妹穆丽娟介绍给他。与施绛年不同，穆丽娟很欣赏并崇拜戴望舒。两人很快热恋并结婚生女。但这里应了一句古诗"曾经沧海难为水，除却巫山不是云"，戴望舒在与施绛年的相爱相杀中

已经耗尽了爱意,穆丽娟不过是个替代品。戴望舒应邀为电影《初恋女》写歌词时,情不自禁地写下了怀念施绛年的词:

> 你牵引我到一个梦中,
> 我却在别的梦中忘记你,
> 现在我每天在灌溉着蔷薇,
> 却让幽兰枯萎。

明眼人自然看得出"幽兰"指的就是施绛年,他心爱的女神"丁香"姑娘。被当作"蔷薇"的穆丽娟怒不可遏:戴望舒对我哪里有什么真情,他的情都给"丁香"姑娘了!戴望舒的婚姻出现了裂痕,很快第二段情也告吹了。

戴望舒的第三段情是一个16岁的香港女孩杨静。杨静娇小美丽,很有个性,她主动向诗人示好,且不顾家庭阻挠,与戴望舒陷入热恋。1942年年底,37岁的戴望舒与16岁的杨静冲破世俗与阻力宣布结婚。像所有错误的婚姻一样,他们因误会而结合,因了解而分开。这段不相称的婚姻最后以杨静的私奔而告终。

在追求爱情的道路上,戴望舒始终走不出那条悠长、悠长又寂寥的雨巷。

戴望舒还有一首叫《寻梦者》的诗："梦会开出花来的，/梦会开出娇妍的花来的。"《雨巷》就是一个在梅雨季"壅塞的忧伤"里梦见的一朵娇妍的花。在读者心里，它将永远含着丁香一样的芬芳。

**参考资料：**
刘保昌：《戴望舒传》，崇文书局，2007年版。

卞之琳：《无题》

———

三日前山中的一道小水，
掠过你一丝笑影而去的，
今朝你重见了，揉揉眼睛看
屋前屋后好一片春潮。

# 卞之琳：《无题》
## ——"百转千回都不跟你讲"

1986年11月下旬的一天，北京政协礼堂响起了悠扬的丝竹声和迤逦的水磨唱腔。这是一场独特的昆曲表演。台上出演《游园惊梦》的是两姐妹。姐姐张元和年近80岁，饰演柳梦梅；妹妹张充和72岁，饰演杜丽娘。为参加"纪念汤显祖逝世370周年"大型公演，这对姐妹应邀从美国回到故都，为弘扬昆曲尽一份心意。台上的杜丽娘身姿摇漾，水袖曼舞，水磨调缠绵婉转，流利悠远，似江南摇橹，悠悠缓缓，启口轻圆，收音纯细：

> 原来姹紫嫣红开遍，
> 似这般都付与断井颓垣，
> 良辰美景奈何天，

赏心乐事谁家院。

..........

台上的杜丽娘自是唱得千回百转,台下的一位老者也是听得如醉如痴。他仿佛又回到了那个绚烂的秋日。

1933年初秋,卞之琳像往常一样又来到西城府右街达子营28号院沈家。不同的是,在此日,在院中,他命中注定"正撞上五百年前风流业冤"。沈家虽不能和林徽因家的沙龙相提并论,但也是文人汇聚的地方。当天,除沈从文、张兆和夫妻和张兆和的二姐张允和外,有一个贵客就是文坛巨子巴金,还有几个熟识的文学青年。但巴金并不是主要人物,围坐在那棵熟悉的槐树下的这群人正在听一个少女讲述一桩有趣的事。二姐张允和招呼闪在一旁的卞之琳上前来,向他介绍了自己的四妹张充和,并说小妹刚刚考上北大,是卞诗人的新同学。卞之琳羞涩地轻握了张充和伸过来的手。这一握,"掌心里波涛汹涌""却有一千种感情"(卞之琳《白螺壳》)。从此,"我的忧愁随草绿天涯"(卞之琳《雨同我》)。如他自己的诗句:苏州、成都、昆明、重庆,一路追随,他的相思也随春草芳踪绿遍天涯。

词人说"人生若只如初见……"初见那天,张充和心情很好,因为她刚刚考上北大。

张充和（1914—2015），出生于上海，祖籍合肥，为淮军主将、两广总督署直隶总督张树声的曾孙女，苏州教育家张冀牖的四女。张充和1949年随夫君赴美后，50多年来，在哈佛、耶鲁等20多所大学执教，传授书法和昆曲，为弘扬中华传统文化默默地耕耘了一生，被誉为"民国闺秀"和"最后的才女"。

提到合肥张家四姐妹，民国著名的鸳鸯蝴蝶派小说家秦瘦鸥有评语曰："张氏四兰，名闻兰苑。"张家四姐妹个个兰心蕙质，才华横溢，而充和为最。张充和11个月时就过继给叔祖母识修（居士），养祖母对她关爱有加，寄予厚望，不仅言传身教，养其大家闺秀的风范，还不惜重金，为她物色名师，教她经史子集，还教她吟诗填词。张充和天资聪颖，悟性甚高，经过10年苦读，打下了深厚的国学功底。16岁时，养祖母告别人世，充和回到苏州九如巷，在父亲创办的乐益女校上学。1933年9月，三姐兆和与沈从文在北京结婚，充和去参加婚礼，随后就一直居住在北京。她先在三姐任教的上海光华附中读书。毕业后，为了避嫌（三姐夫沈从文在北大任教），她用假名字"张旋"报考北京大学。虽然国学功底深厚，国文考了满分，但因自幼读的是私塾，她的数学是零分。当时北大文学院院长胡适力排众议，破格录取了这名叫"张旋"的考生。

"则为你如花美眷似水流年。"台上送来柳梦梅的吴音媚好,柔曼悠远。卞之琳揉揉眼,又戴上眼镜,凝望着台上风韵不减的杜丽娘。是啊,则为你如花美眷,耗尽我似水流年。15年啊!从1933年沈宅初见,到1948年张充和同美国汉学家傅汉思(Hans H. Frankel)结婚并很快侨居美国,15年间,卞之琳从来没有放弃自己追求爱情的权利。他给她写过上百封信,虽然没有回应。但他信奉歌德语录:"我要是爱你,与你何涉?"仍是痴心不改,书信不绝。"子规夜半犹啼血,不信东风唤不回。"当他得知张充和成婚的消息时,或许普希金的诗最适合表达他彼时的感情。

### 我曾经爱过你

我曾经爱过你:爱情,也许
在我的心灵里还没有完全消亡;
但愿它不会再打扰你;
我也不想再使你难过悲伤。
我曾经默默无语、毫无指望地爱过你,
我既忍受着羞怯,又忍受着嫉妒的折磨;
我曾经那样真诚、那样温柔地爱过你;

但愿上帝保佑你,另一个人也会像我爱你一样。

(戈宝权译)

可以肯定地说,卞之琳对张充和的爱只是一种单相思,是"自己保举自己做一个爱人"(朱自清语)。因为张充和从来没有爱过他。多年以后,张充和直言:"这可以说是一个无中生有的爱情故事,说'苦恋'都有点勉强。我完全没有跟他恋过,所以也谈不上苦和不苦。"她回忆和卞之琳的初遇:"我不知道这算不算一见钟情,至少是有点一厢情愿吧。那时候,在沈从文家进出的有很多朋友,章靳以和巴金那时正在编《文学季刊》,我们一堆年轻人玩在一起。他并不跟大家一起玩的,人很不开朗,甚至是很孤僻的。可是,就拼命给我写信,至少有过几百封信吧。"在张充和眼里,卞之琳性格内敛,又很敏感,不能惹。对于卞之琳引以为傲的新诗,她的批评是"不够深沉",且"爱卖弄"。

张充和是个奇女子,她长于大家族,温婉和顺,有闺秀气,但并不像戏曲中的深闺小姐含羞露怯扭捏作态,而是性格开朗,落落大方。她不仅国学根底深厚,还受过新式高等教育,是北大中文系最早的几个女生之一(大三时因患肺结核休学)。她曾与著名教授朱自清、沈从文共事,参加当时的教育部编选教科书的工作，她选散曲，后来在教育部礼乐馆工作，整理礼乐。她端庄、大方、热情，喜欢结交朋友，且不分老幼，无论进步、保守。如在重庆，她就结识了知名人士章士钊和沈尹默等。她不问政治，倾心于诗艺等无用之学，对诗、书、画、昆曲皆有精到的造诣。

当然，以上对张四小姐的褒扬并不是暗示卞之琳配不上她，只是说她的性格、教养和卞之琳的性格、教养几无契合度。卞之琳性格内向、孤僻，很理性，善思辨，表达情感矜持含蓄，隐晦曲折。如他的诗说："百转千回都不跟你讲，/水有愁，水自哀，水愿意载你。"(《无题》)我爱你，就是不告诉你！我就愿意这样！

卞之琳（1910—2000），江苏海门人，曾用笔名季陵，诗人，文学评论家、翻译家。他1929年考入北大英文系，开始新诗创作，与何其芳、李广田并称"汉园三诗人"。他1931年发表作品，1933年毕业，同年出版诗集《三秋草》，1935年出版《鱼目集》，次年与何其芳、李广田合出《汉园集》。1942年他的《十年诗草》出版。1946年，他到南开大学任教。1947年应英国文化委员会邀请，他赴牛津从事研究。1949年回国后，他先后任职于北大西语系和中国社会科学院。他2000年1月荣膺首届中国诗人奖——终身成就奖，同年12月逝世。

卞之琳是一个纯粹的诗人。他惜墨如金，自云："我的诗都是短诗，不仅分量轻，数量也非常有限。"[1]他把诗当成一块玉来雕，如切如磋，如琢如磨，务必使其铿铿然有金玉之声。所以，尽管他的全部诗作不到5000行，也没有鸿篇巨制，但在诗坛上的影响却是深远的。他是"新的智慧诗"的代表诗人，以他为代表的新智慧诗直接影响了20世纪40年代九叶诗人的诗风，是由徐志摩为代表的浪漫派向现代派过渡的一座桥梁。

卞之琳的诗以晦涩出名，连大批评家朱自清、李健吾面对他的诗作也常会错意。赵毅衡说他的诗是"婉约词与玄学诗的美妙结合"，应该说是搔着了痒处。晚唐李商隐、温庭筠和五代《花间集》的诗词意境，艾略特在《传统与个人才能》中标举的"诗不是放纵感情，而是逃避感情"的诗学原则，在他的诗里得到了很好的融合与体现。一方面有婉约诗人的细腻巧思、善用古典意象以营造绝妙的况味，一方面要逃避感情、隐匿感情，无怪乎卞之琳的爱情诗大都写得云山雾罩而又古意盎然、情致婉转了。

《无题》（五首）是卞之琳自认为的爱情诗。他坦陈，1933年初秋："在一般的儿女交往中有一个异乎寻常的初

---

[1] 卞之琳：《雕虫纪历》，人民文学出版社，1984年6月版。

次结识,显然彼此有相通的'一点'。由于我的矜持,由于对方的洒脱,看来一纵即逝的这一点,我以为值得珍惜而只能任其消失的一颗朝露罢了。不料事隔三年多,我们彼此有缘重逢,就发现这竟是彼此无心或有意共同栽培的一粒种子,突然萌发,甚至含苞了。我开始做起了好梦,开始私下深切感受这方面的悲欢。隐隐中我又在希望中预感到无望,预感到这还是不会开花结果。仿佛作为雪泥鸿爪,留个纪念,就写了《无题》等这种诗。"所谓"事隔三年多",即1936年10月卞之琳回老家江苏海门办完母亲丧事,"离乡往苏州探望张充和",两人曾一起游赏山水,后在1937年"3月到5月间作《无题》诗5首"。

## 无题(一)

三日前山中的一道小水,
掠过你一丝笑影而去的,
今朝你重见了,揉揉眼睛看
屋前屋后好一片春潮。

百转千回都不跟你讲,
水有愁,水自哀,水愿意载你。

你的船呢？船呢？下楼去！
南村外一夜里开齐了杏花。

  这首诗可以和卞之琳前面的自白参照着看。第一节，掠过你笑影而去的一道小水，隐喻初次结识萌生的爱意，"我以为值得珍惜而只能任其消失的一颗朝露"。春潮隐喻3年后重逢泛滥的春情，以为"共同栽培的一粒种子，突然萌发，甚至含苞了"。但诗人是不自信的，说这只是自己的梦。所以，第二节说"百转千回都不跟你讲"，即是"私下深切感受这方面的悲欢"。自己咀嚼自己的"愁"自己的"哀"，"水愿意载你"是含蓄委婉的示爱。最后写出了重逢的喜悦，"你的船呢？船呢？"，急切地询问，恨不得马上拉你下楼，去观赏那南村外盛开的杏花。"南村外一夜里开齐了杏花。"这句诗化用了"孤村芳草远，斜日杏花飞"（宋代寇准《江南春·波渺渺》）。杏花娇色含羞，非常美丽，常用来形容少女。"杏"与"幸"谐音，在古典诗词中往往象征幸福。一夜间盛开的杏花寄托着诗人对美好爱情的向往。

## 无题（二）

窗子在等待嵌你的凭倚。
穿衣镜也怅望，何以安慰？
一室的沉默痴念着点金指，
门上一声响，你来得正对！

杨柳枝招人，春水面笑人。
鸢飞，鱼跃；青山青，白云白。
衣襟上不短少半条皱纹，
这里就差你右脚——这一拍！

这首诗写痴心地等待情人的情形。第一节，诗人在苦苦等待中想起往日的情形：情人来时，常常倚窗远眺，也会装作不经意地一瞥穿衣镜，惊鸿照影。两个小小的细节说明了诗人用情之专、观察之细，心心念念，全在伊人。"点金指"暗示以指叩门，这一指点石成金。痴痴地等呀，等呀，在一室寂静里只等你的叩门声。正在翘首企盼时，你来了！第二节极写渴喜之情，"杨柳枝招人，春水面笑人。/鸢飞，鱼跃；青山青，白云白。"山水含情，鸟兽亲人，似乎还暗藏"沉鱼落雁""闭月羞花"之寓意。欢欣鼓舞之情溢于言表，和"一室的沉默"形成了鲜明的对照。门里门外，仔细打量，佳人依旧——"衣襟上不短少半条皱纹"。你来了，请踏下"这一拍"，曲终奏雅，一切 OK！

### 无题（三）

我在门荐上不忘记细心的踩踩，
不带路上的尘土来糟蹋你的房间
以感谢你必用渗墨纸轻轻的掩一下
叫字泪不沾污你给我写的信面。

门荐有悲哀的印痕，渗墨纸也有，
我明白海水洗得尽人间的烟火。
白手绢至少可以包一些珊瑚吧，
你却更爱它月台上绿旗后的挥舞。

这首诗写诗人的回访。诗人善于通过细节传情达意。第一节，开头两句写门荐上的小动作，把诗人小心谨慎甚至带有忐忑的神情写得惟妙惟肖。这个动作也是一种回报，诗人联想到情人在给自己写信时也会用渗墨纸，以免弄脏纸面。这一节写得郎情妾意，心心相印似的。第二节却乍暖还寒，"门荐有悲哀的印痕，渗墨纸也有，/ 我明白海水洗得尽人间的烟火。"门荐、渗墨纸的印痕都是人间的烟火（离愁别恨），唯有海水（时光如流水）能洗得净。许是想到了日后的离别吧，诗人忽然悲伤了。由海水联想到海底的珊瑚，唯愿"白手绢至少可以包一些珊瑚吧"（记忆中可以留存一些美好的东西吧），诗人是这样的痴情，而情人呢？"你却更爱它月台上绿旗后的挥舞。"白手绢在诗人手里可以"包一些珊瑚"，在情人手里会不会只是站台告别的挥舞呢？看来，对这段情，我们的诗人还是没信心。

### 无题（四）

隔江泥衔到你梁上，
隔院泉挑到你杯里，
海外的奢侈品舶来你胸前：
我想要研究交通史。

昨夜付一片轻喟，
今朝收两朵微笑，
付一枝镜花，收一轮水月……
我为你记下流水账。

这首诗写如何才能接近情人、得到情人的欢心。第一节，用一个排比句把诗人的心意堆放在情人面前：如筑巢的燕子把江那边的泥衔到你屋梁上（燕子在屋梁上筑巢象征着好运，燕子成双成对往往象征比翼双飞），如挑水夫把远近闻名的泉水挑到你杯里，或者从海外买来珠宝、项链做你的饰物。屋梁、水杯和胸前，距离心上人越来越近，付出的代价也越来越大：隔江衔泥、隔院挑水、从海外买来奢侈品。诗人愿意把自己的一切交付给情人。接下来冒一句"我想要研究交通史"，一下子让读者如坠烟海，不得要领。这是写论文呢，还是写情诗？其实，这看似不带感情色彩的冰冷的现代语言却含有诗人的痴心：如果隔江衔泥、隔院挑水和买来海外奢侈品，这些路径全行不通，为了走入你的内心，我要研究交通史，总要寻找出心灵沟通两情相悦的道路来。第二节，诗人检讨了两人的交往史，似乎并没有实质性的进展。付出"轻喟"，收回"微笑"，就如"镜花""水月"一般虚无缥缈，无法把握。但，即使是这些流水账的交往，对于诗人都是珍贵的。爱情缥缈，且体味当下吧！这首诗把诗人既穷尽所能想要走进情人内心，又总是疑心自己终将空劳牵挂的委屈的心思表现得幽婉动人。

## 无题（五）

我在散步中感谢
襟眼是有用的，
因为是空的，
因为可以簪一朵小花。

我在簪花中恍然
世界是空的，
因为是有用的，
因为它容了你的款步。

　　这首诗写散步时的所见所思。第一节，一个人孤独地散步，不禁触景生情，忆起了和情人一起散步时，情人在襟眼里簪了一朵小花。虽然眼下情人不在身边，襟眼是空的，但甜蜜的回忆让诗人对襟眼充满感谢。第二节，诗人由襟眼的空而有用，联想到世界也是空的，也是有用的，"因为它容了你的款步"。这是只有情人和疯子才会有的奇思妙想：好像世界的用途只是为了诗人的情人款步！就像一首歌唱的："在我的世界里，除了你没有别人，我的世界只有你!"当然,诗人的思绪不限于此,他由此而推演到一个哲学命题"无之以为用"。世上的一切都在貌似无用中显示出它的用途。诗人在孤独的散步中体味到了宇宙的自然规律。同时,这首诗也可看作一首禅诗,第一节隐喻"空即是色",第二节隐喻"色即是空"。因为诗人也曾说:"我这种诗,即使在喜悦里还包含惆怅、无可奈何的命定感(实际上是社会条件作用)、'色空观念'(实际上是阶级没落的想法)。"①(《雕虫纪历·自序》)

《无题》记录了一段未能开花结果的爱情经历。这记录的隐私性因了卞之琳"诗不是放纵感情,而是逃避感情"的诗学原则,更增添了解读的困难。卞之琳说:"我写诗,而且一直是写的抒情诗,也总在不能自已的时候,却总倾向于克制,仿佛故意要做'冷血动物'。规格本来不大,我偏又喜爱淘洗,喜爱提炼,期待结晶,期待升华"(《雕虫纪历·自序》)。正是:"望帝春心托杜鹃,佳人锦瑟怨华年。诗家总爱西昆好,独恨无人作郑笺。"(元好问《论诗三十首·十二》)即如那首脍炙人口的《断章》,短短四句诗,谋杀了多少文人墨客的脑细胞!当然,也成就了很多人的论文及职称。

---

① 卞之琳:《雕虫纪历》,人民文学出版社,1984年6月版。

## 断章

你站在桥上看风景,
看风景的人在楼上看你。
明月装饰了你的窗子,
你装饰了别人的梦。

关于《断章》,因为李健吾的解读不合诗人初衷,卞之琳自己做了解释:"这首小诗是我平生最数信手拈来的四行。"1935年10月,"很可能上半年在日本京都将近半年的客居中偶得的一闪念,也不是当时的触景生情。我着意在这里形象表现相对相亲、相通相应的人际关系,本身已经可以独立,所以未足成较长的一首诗,即取名《断章》"(卞之琳《关于〈冼星海纪念附骥的小识〉》)。

作者又说:"这是抒情诗……是以超然而珍惜的感情,写一刹那的意境。我当时爱想世间人物、事物的息息相关,相互依存、相互作用。人('你')可以看风景,也可能自觉不自觉点缀了风景;人('你')可以见明月装饰了自己的窗子,也可能自觉不自觉地成了别人梦境的装饰。"又说:"我的意思也是着重在'相对'上。"(卞之琳《关于〈鱼目集〉》)

《断章》是一首最纯粹的诗。它提纯了诗的本质：抒情性、形象性。桥、风景、楼、明月、窗子、梦都是惹人情思的古典意象，这几种意象组合在一起构成了一个优美的意境，抒发了诗人"超然而珍惜的感情"。这一优美的意境是由两个生活形象构成的，这两个生活形象犹如两幅关于江南的水墨画，两幅画面形成了空间的相对关系。这组相对相亲的关系象征着在宇宙人生中，一切事物都是相对的、互为关联的。这就又上升到哲学高度。一切艺术的最后指向都是哲学。

这首诗的好处就是它把深邃的哲思寄身于形象思维，形象思维取景的两幅画面就像是一个风景框，可以装下大千世界。这即是文艺理论家所讲的艺术世界的"空筐结构"。读者可以把自己读诗时的经历、感受和体验都放进这个空筐里。

所以卞之琳才说："把蕉心剥出了给读者，实在是剥夺了读者。""空壳有好处，可以叫人家莫测高深，让人家把自己想像的东西放进去，尤其叫本质好的人把好东西扔进去给耍空壳的大受实惠。"（卞之琳《惊弦记:论乐》）也许有读者会以为，张充和就是"装饰了"卞之琳"梦"的那个"你"？那么，在诗里，她将独立小桥风满袖，成为一道永恒的风景！

掌声响起,大幕徐徐落下。尽管张充和希望在谢幕后还能见到他,但是,卞之琳悄悄地走了,带走15年的等待和半个世纪的痴情。

"情不知所起,一往而深。"(汤显祖《牡丹亭》题记)

参考资料:

[美]金安平:《合肥四姐妹》,生活·读书·新知三联书店,2007年12月版。

臧克家：《春鸟》

你的口

歌向草木,

草木开出了青春的花朵;

你的口

歌向大地,

大地的身子应身酥软;

蛰虫听到你的歌声,

揭开土被

到太阳底下去爬行;

## 臧克家：《春鸟》
——"我也有一串生命的歌"

一提起臧克家，首先想到的便是他的短诗《有的人》。这首诗创作于1949年11月1日，为纪念鲁迅先生逝世13周年而作。在纪念鲁迅先生的文字里，臧克家的这首诗堪称佳作。不过，臧克家并没有见过鲁迅先生，他从先生那里得到的是思想精神的滋养。真正对臧克家有知遇之恩的是闻一多先生。

1930年，臧克家报考国立青岛大学，数学考试得了鸭蛋。两道国文题任选一题，他两道题都做了。只不过第二道题《杂感》,他只写了三句话:"人生永远追逐着幻光,但谁把幻光看作幻光,谁便沉入了无边的苦海!"就是这三句杂感得到了时任文学院院长的闻一多的青睐,闻一多给了他98分,并将他破格录入了青岛大学。这和钱锺书考清华的传说差不多。1929年,钱锺书考清华时,外文100分,国文85分,而数学只得了15分,当时校长罗家伦特地召他到校长室谈话,特批他入学。

开学之后,臧克家想从外文系转到国文系,就和同学一起去见了兼任国文系主任的闻一多。听到臧瑗望(臧克家是借臧瑗望的文凭报考的)的名字时,闻一多说:"好,你转过来吧,我记得你的《杂感》。"可见三句充满哲理意味的杂感给闻一多留下了深刻的印象。入了国文系,可以亲炙名师,臧克家自然非常珍惜这一难得的机会。臧克家中学时代即开始写新诗,那时他崇拜的是自由豪放的郭沫若。现在,在新格律诗大师闻一多的指导下,他开始严谨起来:"在字句的推敲上下工夫锤炼,有时为了一个句子,甚至一个字,终夜失眠,呕心沥血,希望把每一个字安放在最恰当的位置上,移动不得。我也极力压缩凝炼自己的诗句,使它含蓄一些,有点余味。"[①]就是这种"吟安一个字,

---

① 臧克家:《学诗纪程》,载《中国作家谈创作经验》,第418页,山东人民出版社,1980年版。

捻断数茎须"的"苦吟"精神，使臧克家出手不凡，一鸣惊人。

在闻一多的精心指导、极力推荐下，臧克家在1933年出版了轰动一时的处女诗集《烙印》。《烙印》一出版就引起了文坛名宿的注意。茅盾在《一个青年诗人的〈烙印〉》中指出："《烙印》的二十二首诗只是用了素朴的字句，写出了平凡的老百姓的生活。""作者没有存在好玩的意思来写诗，作者的创作态度是够严肃的。"茅盾断言："在目今青年诗人中，《烙印》的作者也许是最优秀中间的一个了。"闻一多亲自为《烙印》作序，他高度赞誉："克家的诗，没有一首不具有一种极其顶真的生活的意义。"朱自清也在《新诗杂话·新诗的进步》中指出，从臧克家起，中国新诗坛"才有了有血有肉的以农村为题材的诗"。

从《烙印》开始，到《罪恶的黑手》《自己的写照》等诗集，臧克家始终坚持贴近泥土的创作原则，被誉为"农民诗人""泥土诗人"和"中国现实主义新诗的开山人之一"。

臧克家（1905—2004），山东诸城人，自小喜爱古典诗词和民歌。1923年，他考入山东省立第一师范学校，开始新诗创作。1926年秋，他入武汉中央军事政治学校，七一五反革命政变后被整训，后逃出，艰苦辗转四处漂泊。1930年，他考入青岛大学，在新诗创作上受闻一多影响较大。1933年,他出版第一部诗集《烙印》,引起文坛瞩目。至抗战全面爆发前,他又出版《罪恶的黑手》《自己的写照》《运河》等。抗战全面爆发后,他深入战地,先后出版《从军行》《泥土的歌》等。20世纪40年代中后期,他写了政治讽刺诗《宝贝儿》《生命的零度》等。

臧克家的崛起给现代新诗带来了新的气息。首先是他的"坚忍主义"人生哲学。乡村生活赋予他"不肯粉饰现实,也不肯逃避现实"的现实主义精神。他"生于穷乡,长于穷乡"。那些在苦难的生存边缘上挣扎着的卑微的生命始终是他关注的对象,也是他刻绘的对象。他的笔下,充满了对下层劳动人民勤劳质朴、忍辱负重的坚忍形象的认同和同情。他对乡村、农民的爱是无条件的。"乡村是我的海,/我不否认人家说我对它的偏爱,/我爱那红的心,黑的脸,/连他们身上的疮疤我也喜欢。"

其次是他认真而执着的诗歌艺术。臧克家是新诗中的"苦吟派",讲究锤炼,诗风谨严,堪称字斟句酌。"我力求谨严,苦心地推敲、追求,希望把每一个字放在最切当的地方,螺丝钉似地把它拧得紧紧的。"(《〈臧克家诗选〉序》)他擅长用通感手法来锤炼动词,如"黄昏还没溶尽归鸦的翅膀""灯光开出了一头白发""胯下的竹马驰去了我的童年"等。他的诗追求内在的张力,运用象征、暗示等艺术手段,竭力将感情和主观意向性隐蔽、凝聚在意象背后,给读者留下无穷的想象空间和咀嚼的余地。他的诗形式凝练、整齐,讲究诗的节奏韵律。《老马》是他的名篇之一。

### 老马

总得叫大车装个够,
它横竖不说一句话。
背上的压力往肉里扣,
它把头沉重的垂下!

这刻不知道下刻的命,
它有泪只往心里咽,
眼里飘来一道鞭影,
它抬起头望望前面。
1932 年 4 月

这首诗纯用白描手法,朴素,沉郁。八句诗,把一匹忍辱负重的老马的形象描绘得栩栩如生,但字里行间透露出来的情感倾向,又使人不由得从老马联想到更广大的人生：在乡村，我们的父老乡亲不正是如老马一般沉默、坚韧、任劳任怨，负重前行吗？更广而言之，普天下的劳动人民不都是像老马一样忍辱负重、沉默、坚韧地重荷着苦难人生吗？这自然是象征手法，但臧克家的象征手法是从对生活的直接表现显示出来的。他用凝练的语言，如实地刻绘出一匹具体的老马的形象，通过一匹老马的形象概括了一代代农民的悲惨命运。只有从小熟悉农村，热爱农民，才能通过长期观察，精选出老马这一具有如此概括力的形象。

这首诗也显示了臧克家炼字炼句炼意的不凡功力。"背上的压力往肉里扣"，一个"扣"字，把老马不堪重负的痛苦生涯表现得活灵活现，使读者如身临其境，感同身受。"眼里飘来一道鞭影"，飘来的鞭影不是实指，更是含义丰富，它或许是正要落下的皮鞭，或许是老马的臆想，这说明老马时刻笼罩在皮鞭的痛击下。一实一虚，虚实并用，给人留下许多想象的空间。诗中，一个垂头，一个抬头，两个动作含有深意。这即是臧克家"坚忍主义"人生哲学的形象写照：垂头是忍辱负重，坚韧不拔；抬头是怀有憧憬，迎难而上。臧克家坚信"暗夜的长翼底下，伏着一个光亮的晨曦"。

《三代》也是一首脍炙人口的作品。

## 三代

孩子
在土里洗澡;
爸爸
在土里流汗;
爷爷
在土里葬埋。
　　1942 年

伟大的作品都是朴素的。这首诗朴素到极点，凝练到极点。短短 21 个字，便刻画出了三代人的形象，但又不仅仅是三代人的形象，它折射出的是旧社会世世代代生活在土地里的农民的生活和命运。人们常说，生于尘土，归于尘土。臧克家在这里用三代人辗转于泥土里的典型场景——"洗澡""流汗""葬埋"——概括了循环往复、世代相续的农民的命运。诗题"三代"是点睛之笔，试想如果没有这样一个题目，诗中暗示的农村社会的停滞不前、三代人命运的世代相续便落不到实处。同时，为了突出这种愚昧落后、循环不已的悲惨生活，诗人把短短三句话，分成6行,这就在视觉上有了突出三代的效果。分行能加深印象,而相同的排列,则增强了节奏感。这首诗在形式上也做到了节的匀称、句的均齐。臧克家曾说:"一篇顶好的诗,仿佛是一个最大的'函数'"(《海——回忆闻一多先生》,《臧克家文集》第四卷,129页,山东文艺出版社,1994)这首诗就做到了最大的函数。

其他如《难民》《炭鬼》《当炉女》《洋车夫》《歇午工》等皆是写给劳苦大众的诗,都是现实主义诗歌的力作。

《壮士心》在臧克家的诗中并不多见。

> 江庵的夜和着青灯残了,
> 壮士的梦正灿烂地开花,
> 枕着一卷兵书一支剑,
> 灯光开出了一头白发。
>
> 突然睁大了眼睛,战鼓在催他,
> (深殿里木鱼一声又一声)
> 跨出门来,星斗恰是当年,
> 铁衣上向着塞北的朔风。
>
> 前面分明是万马奔腾,

他举起剑来嘶喊了一声，

从此不见壮士归来，

门前的江潮夜夜澎湃。

这首诗写于1934年1月11日，作者自云："听了一个传说的故事写成。"这首诗共分三节，写壮士从隐居中奋起，决然上马杀敌的场景。这首诗使人想起《水浒传》里的鲁智深或武侠小说中隐身寺庙的侠客。青灯古佛，木鱼声声，隐居的武士在残灯下白发苍颜，岁月蹉跎，英雄迟暮。而在淹留沉寂的表象下却隐藏了一颗壮怀激烈的壮士心。"壮士的梦正灿烂地开花"使人联想起陆游的诗句"铁马冰河入梦来"。"剑""兵书""星斗""铁衣""朔风"等意象都隐喻着壮士曾经的英姿和不舍的英雄情结。诗的第一节写入梦，这梦境不是偶然而是夜夜灿烂；第二节写警醒，为梦所感，终于忍无可忍，该出手时就出手；第三节写举剑上阵，沙场征战。

《壮士心》可以看作是臧克家的自况或自励。诗人本有一颗壮士心。大革命时期，臧克家曾投笔从戎，考入在武汉的中央军事政治学校（后中央军事政治学校和学兵团，合并组成为中央独立师），亲历了讨伐夏斗寅叛军的战斗，但在汪精卫七一五反革命政变后，因为队伍中的共产党员较多，被骗至九江缴械，臧克家化装逃出九江，从此流落异乡。

在抗日战争的烽火中，臧克家又激发了壮士心。从1938年至1941年夏，他担任第五战区抗敌青年军团宣传科教官、司令长官部秘书、文化工作委员会委员、战时文化工作团团长、三十军参议等。他冒着被敌机轰炸的危险，三赴台儿庄前线采访，写成长篇报告文学《津浦北线血战记》。随后，他率第五战区战时文化工作团深入河南、湖北、安徽农村及大别山区，开展抗日文艺宣传和创作活动。他组织"文艺人从军部队"，赴随枣前线从事抗日救亡的文化宣传工作，曾参加随枣战役。这期间，他创作和出版了《从军行》《淮上吟》等诗集及散文集《随枣行》，歌颂抗日军民的事迹。

1941年初夏，由于国民党顽固派的阻挠，臧克家在三十军开展抗敌文艺宣传工作的计划宣告流产。不久，他到河南叶县主持三一出版社笔政，编辑刊物《大地文丛》，但因创刊号刊登了一篇题为《创作方法与艺术家的世界观》的译文宣传马列主义的文艺观，而被汤恩伯急电查封，出版社和刊物又告夭折。诗人也险遭不测。诗人后来回忆说："我那首题名《春鸟》的诗，就是在这种郁愤的心情下，于一九四二年五月二十日晨,万鸟声中,在河南叶县寺庄写的。"

## 春鸟

当我带着梦里的心跳,
睁大发狂的眼睛,
把黎明叫到了我的窗纸上——
你真理一样的歌声。
我吐一口长气,
抚一下心胸,
从床上的恶梦
走进了地上的恶梦。
歌声,
像煞黑天上的星星,
越听越灿烂,
像若干只女神的手
一齐按着生命的键。
美妙的音流
从绿树的云间,

从蓝天的海上，

汇成了活泼自由的一潭。

是应该放开嗓子

歌唱自己的季节，

歌声的警钟，

把宇宙

从冬眠的床上叫醒，

寒冷被踏死了，

到处是东风的脚踪。

你的口

歌向青山，

青山添了媚眼；

你的口

歌向流水，

流水野孩子一般；

你的口

歌向草木，

草木开出了青春的花朵；

你的口

歌向大地，

大地的身子应身酥软；

蛰虫听到你的歌声，

揭开土被

到太阳底下去爬行；

人类听到你的歌声

活力冲涌得仿佛新生；

而我，有着同样早醒的一颗诗心，

也是同样的不惯寒冷，

我也有一串生命的歌，

我想唱，像你一样，

但是，我的喉头上锁着链子，

我的嗓子在痛苦地发痒。

1942年5月22日晨万鸟声中写于河南叶县寺庄

  古今中外写鸟、写鸟鸣的佳作不少。"春眠不觉晓，处处闻啼鸟。"（孟浩然《春晓》）"绿阴不减来时路，添得黄鹂四五声。"（曾几《三衢道中》）"万壑树参天，千山响杜鹃。"（王维《送梓州李使君》）"花气袭人知骤暖，鹊声穿树喜新晴。"（陆游《村居书喜》）西方有雪莱的《致云雀》，称赏云雀是"欢乐的精灵"，"从天堂或天堂的邻近，/以酣畅淋漓的乐音，/不事雕琢的艺术，倾吐你的衷心"。济慈23岁时写下《夜莺颂》，歌唱夜莺："你呵，轻翅的仙灵，

/ 你躲进山毛榉的葱绿和荫影，/ 放开了歌喉，歌唱着夏季。"这些鸟儿，或迎春，或呼晴。或喜："几处早莺争暖树，谁家新燕啄春泥"（白居易《钱塘湖春行》）；或悲："子规夜半犹啼血，不信东风唤不回"（王令《送春》）；或撒娇："留恋戏蝶时时舞，自在娇莺恰恰啼"（杜甫《江畔独步寻花六》）；或引愁："雁引愁心去，山衔好月来"（李白《与夏十二登岳阳楼》）。世上的鸟声都是发自自然天性，不得不鸣，而非无病呻吟。因其真切，故而迷人。当人们置身于鸟语之中时，全身都会变得顺畅舒适。鸟鸣声是那么清澈、嘹亮、透明、空灵。鸟声把你从俗世拉回到大自然，你的心灵也变得清澈、透明、空灵了。鸟声把你引向蓝天，你的心也被染蓝了。

《春鸟》一开头便写春鸟"把黎明叫到了我的窗纸上——/ 你真理一样的歌声"。这是一个倒装句，倒装是为了强调后一句。诗人形容春鸟的歌声不同于其他诗人，他不通过具象的意象，而使用抽象的概念——真理。对鸟声的感知，他也不写听或闻，而是写春鸟的歌声"把黎明叫到了我的窗纸上"，这里有听觉，有视觉，有一个听见鸟声看窗纸渐明的过程。这一句诗奠定了全诗的象征性。春鸟不仅仅是自然界的春鸟，它还是真理的象征，它唤来的是黎明，即人类美好的明天。

接下来写春鸟的歌声这几节，索诸中外诗歌史里写鸟鸣的所有名篇都不遑多让。第一个比喻写鸟的歌声"像煞黑天上的星星，／越听越灿烂"。乍一看，歌声和星星好像不搭，但仔细体味，你就豁然开朗：歌声诉诸听觉，万鸟鸣叫，声浪越来越高，与煞黑天上的星星越来越明亮在事物发展的趋势上都有一个由小到大、由弱到强的过程，一鸟引来万鸟鸣，一星点亮满天星。正是这个相似点，连通了听觉和视觉。第二个比喻："像若干只女神的手／一齐按着生命的键。"上一个比喻强调了春鸟歌声的明丽响亮，这个比喻则说明春鸟的歌声充满活力，是生命之键弹奏出的生命赞歌。接下来写生命的音符，"美妙的音流／从绿树的云间，／从蓝天的海上，／汇成了活泼自由的一潭。"歌声与"活泼自由的一潭"二者都有音流，春鸟的歌声汇成了悦耳的大合唱，恰似无数叮咚的清泉溪流，汇成水潭。音流的共同点使人把听觉上的感觉挪移到视觉上。山林、大地、天空中处处飘荡着春鸟的歌声。

下面的诗句进一步写春鸟的歌声——"真理一样的歌声"——的威力："歌声的警钟，／把宇宙／从冬眠的床上叫醒，／寒冷被踏死了，／到处是东风的脚踪。"冬春代序，诗人用一个"叫醒"的动作把冬的死寂和春的喧闹写得活灵活现。"东风的脚踪"许是化用了朱自清先生散文名篇《春》中的"东风来了,春天的脚步近了"。寒冷是抽象的、无形的,诗人用一个动词"踏",就使它似乎有了形体。

春鸟唤醒了宇宙万物:青山、流水、草木、大地、蛰虫、人类。诗人用两组色彩鲜明的排比句,把春鸟的歌声带来的春天景象——明丽响亮的意象、自由的精神和蓬勃的生命力——描绘得有声有色,令人神往。

以上几节,是诗人对春鸟歌声的赞誉,可以看出,他赞誉的是春鸟歌声中蕴含的蓬勃的生命力和自由活泼的精神。他颂扬的是"真理一样的歌声"。这几节是全诗的精华,对春鸟歌声的赞美从低吟到高歌,由宣叙调而至咏叹调,直至达到高潮:"人类听到你的歌声/活力冲涌得仿佛新生"。然后,诗风一转:"而我,有着同样早醒的一颗诗心,/也是同样的不惯寒冷,/我也有一串生命的歌,/我想唱,像你一样,/但是,我的喉头上锁着链子"。这几句诗与诗歌开头"当我带着梦里的心跳……/从床上的恶梦/走进了地上的恶梦"前后呼应。读至此,读者恍若如梦初醒,与诗人一起"走进了地上的恶梦"——在反动统治下的人民哪里有歌唱的自由?全诗以"我的嗓子在痛苦地发痒"一句戛然而止,言有尽而意无穷。

这首诗通过对春鸟歌声的描摹与赞美,曲折地控诉了反动统治者摧残民主、钳制言论自由的罪行，倾吐了自己报国无门的郁愤，抒发了向往自由、渴求真理的心声。

诗中精彩之处，一是象征意义：诗中的春鸟已不是自然界的鸟类的具体写照，它既是美好事物的象征，又是为真理而歌唱的诗人的象征。春鸟的歌声亦不是普通的鸟鸣，而是真理一样的歌声，是自由、民主、青春、生命等人类美好理想的象征。

二是通感的运用：诗人对歌声的描摹连通了听觉和视觉，使声音也有了画面感、立体感和流动感。

这首诗还有一个独到的地方，就是"以乐景写哀，以哀景写乐，一倍增其哀乐"（王夫之《姜斋诗话》）。诗人对春鸟歌声的魅力越是写得尽态极妍，催人奋发、令人向往，则越是显出反动派禁锢政策的荒诞不经、穷凶极恶、日暮途穷。反之亦然。

臧克家的诗大多是现实主义的力作，《春鸟》却洋溢着浓郁的浪漫主义气息。诗的开头和结尾是现实的刻绘，但诗的主体部分对春鸟歌声的描绘则充满了神奇瑰丽的浪漫主义想象，运用象征、通感、比喻、拟人、排比等丰富的艺术手法，深化抒情，反复咏叹，激情四射。浪漫主义带有理想的色彩，因此，尽管这首诗是对反动派的审查制度的抗议，是倾诉自己的郁愤，但我们读起来，诗的情调还是乐观的、昂扬的。就如李白写"愁"的诗句——"抽刀断水水更流",读者大都着迷于抽刀断水的英姿而冲淡了悲愁。

作者曾说:"即使从我写的二十几本诗集中挑出五首,我也会挑它的。"

可见,《春鸟》也是诗人自己的骄傲。

参考资料:

孙晨:《世纪之星——臧克家传》,山东大学出版社,2000年版。

艾青：《大堰河——我的保姆》

我经了长长的飘泊回到故土时，
在山腰里，田野上，
兄弟们碰见时，是比六七年前更要亲密！
这，这是为你，静静的睡着的大堰河
所不知道的啊！

# 艾青:《大堰河——我的保姆》
## ——"给予这不公道的世界的咒语"

罗马神话里有这么一则故事:战神马尔斯与亚尔霸·龙迦的公主西尔维亚生了一对双胞胎:罗谟鲁斯和莱谟斯。他们兄弟俩一出生就被丢弃在荒山,靠母狼喂奶才活了下来。后来罗谟鲁斯居然创造了罗马城,而莱谟斯则被他的兄弟杀了,因为他敢于蔑视那庄严的罗马城。

瞿秋白在《鲁迅杂感选集·序言》中引述了这段神话。他说:"莱谟斯是永久没有忘记自己的乳母的……他憎恶着天神和公主的黑暗世界,他也不能够不轻蔑虚伪的自欺的纸糊罗马城，这样一直到他回到'故乡'的荒野，在这里找着了群众的野兽性，找着了扫除奴才式的家畜性的铁扫帚……是的，鲁迅是莱谟斯，是野兽的奶汁所喂养大的，是封建宗法社会的逆子，是绅士阶级的贰臣……他从自己的道路回到了狼的怀抱。"瞿秋白用这则神话象征性地点明了鲁迅和人民群众尤其是中国农民的血肉联系。

如果把瞿秋白评价鲁迅的这段话移赠给艾青，也是很确切的——不仅在象征意义上，而且在实际意义上——艾青是真正的地主的弃子，是吃了农民的奶而长大的农人的乳儿。

1901年3月27日，艾青出生在浙江省金华市北70余里的畈田蒋村一个地主家庭。像是为了预告这位未来的诗人将历尽磨难，艾青一出生，厄运便伴随着他。这是一次难产。当婴儿挣脱母体呱呱坠地时，他的母亲经过48个小时的痛苦呻吟，已经奄奄一息了。迷信的父亲认为这是一种不祥之兆。他一面叫人把妻子抬回娘家去养息，一面请了算命先生算一算祸福凶吉。那算命先生问了生辰八字后，煞有介事地说："这个孩子是克父母的！"一句话，艾青便成了这个家庭"不受欢迎的人"。

艾青先被送到本村一个贫苦人家去寄养。村里的另一个农妇正好分娩不久，为了能够当上乳母，她就把新生的女婴投在尿桶里溺死了。不久,她就成了艾青的乳母。

她,就是贫苦农妇大堰河。她和千千万万劳苦妇女一样,有一个悲惨的人生。她没有名字,因为她很小就被卖到畈田蒋做童养媳,人们便用她原来的村名"大叶荷"称呼她(在金华方音中,大叶荷读如"大堰河",艾青就写成了"大堰河")。她的第一个丈夫在有了三个儿子之后,患病死去。她又从邻村招赘改嫁了第二个丈夫,和他又生了两个儿子。第二个丈夫爱酗酒,经常打骂她。

这个为了生存不得已溺死自己亲生女儿的普通农妇,有着一颗纯洁、善良、美好的心灵。尽管家境艰辛,大堰河却以整个身心、全部慈爱来哺育这个地主的弃儿。"整个五年,我吸吮着大堰河的乳汁,和大堰河穷苦的兄弟们一起土里滚泥里爬,与中国的穷苦农民结下了不解之缘。"①

5岁时,艾青被父亲领回家中。大堰河含着热泪看着这个最宠爱的孩子被领走了。尽管他还会偷偷地回到村边大堰河的家里,叫她一声"妈"。这个被宠爱的孩子越走越远,金华——杭州——巴黎,但是不管他去到多么遥远

---

① 《艾青性格心理调查表》,《丑小鸭》,1982年第8期。

的异国他乡,不管他身居何处,他都不会忘记他的乳母的。当艾青从彩色的欧罗巴带回一支芦笛时,他献给故乡、献给祖国的第一支歌便是写给自己的乳母的《大堰河——我的保姆》。

艾青于1928年入杭州国立西湖艺术学院绘画系,翌年赴法国勤工俭学,1932年年初回国。他在上海加入中国左翼美术家联盟,从事革命文艺活动,不久被捕。

艾青说:"决定我从绘画转变到诗,使母鸡下起鸭蛋的关键,是监狱生活。"在狱中,艾青失去了绘画的基本条件,"自然而然地接近了诗"(艾青《母鸡为什么下鸭蛋》)。多少个不眠之夜,他凭借着铁栅栏外的灯光,在拍纸簿上写诗,有时把两行诗写到一起了,天亮以后,再把它们"拆开",重新抄清。

1934年5月《大堰河——我的保姆》在《春光》杂志上发表,立即在读者中引起了强烈的反响。不久,它就传到了日本,在左联东京分盟的刊物《诗歌》杂志举办的朗诵会上,一位中国留学生边读边哭,与会者无不动容。很快这首诗就被译成日文,在日本进步青年中产生了强烈反响。艾青后来居上,成为最早走向世界的中国新诗人。

## 大堰河——我的保姆

大堰河,是我的保姆。
她的名字就是生她的村庄的名字,
她是童养媳,
大堰河,是我的保姆。

我是地主的儿子;
也是吃了大堰河的奶而长大了的
大堰河的儿子。
大堰河以养育我而养育她的家,
而我,是吃了你的奶而被养育了的,
大堰河啊,我的保姆。

大堰河,今天我看到雪使我想起了你:
你的被雪压着的草盖的坟墓,
你的关闭了的故居檐头的枯死的瓦菲,
你的被典押了的一丈平方的园地,
你的门前的长了青苔的石椅,
大堰河,今天我看到雪使我想起了你。

你用你厚大的手掌把我抱在怀里，抚摸我；
在你搭好了灶火之后，
在你拍去了围裙上的炭灰之后，
在你尝到饭已煮熟了之后，
在你把乌黑的酱碗放到乌黑的桌子上之后，
在你补好了儿子们的为山腰的荆棘扯破的衣服之后，
在你把小儿被柴刀砍伤了的手包好之后，
在你把夫儿们的衬衣上的虱子一颗颗的掐死之后，
在你拿起了今天的第一颗鸡蛋之后，
你用你厚大的手掌把我抱在怀里，抚摸我。

我是地主的儿子，
在我吃光了你大堰河的奶之后，
我被生我的父母领回到自己的家里。
啊，大堰河，你为什么要哭？

我做了生我的父母家里的新客了！
我摸着红漆雕花的家具，
我摸着父母的睡床上金色的花纹，
我呆呆的看着檐头的我不认得的"天伦叙乐"的匾，
我摸着新换上的衣服的丝的和贝壳的纽扣，

我看着母亲怀里的不熟识的妹妹，
我坐着油漆过的安了火钵的炕凳，
我吃着碾了三番的白米的饭，
但，我是这般忸怩不安！因为我
我做了生我的父母家里的新客了。

大堰河，为了生活，
在她流尽了她的乳液之后，
她就开始用抱过我的两臂劳动了；
她含着笑，洗着我们的衣服，
她含着笑，提着菜篮到村边的结冰的池塘去，
她含着笑，切着冰屑悉索的萝卜，
她含着笑，用手掏着猪吃的麦糟，
她含着笑，扇着炖肉的炉子的火，
她含着笑，背了团箕到广场上去
　晒好那些大豆和小麦，
大堰河，为了生活，
在她流尽了她的乳液之后，
她就用抱过我的两臂，劳动了。
大堰河，深爱着她的乳儿；
在年节里，为了他，忙着切那冬米的糖，

为了他,常悄悄的走到村边的她的家里去,
为了他,走到她的身边叫一声"妈",
大堰河,把他画的大红大绿的关云长
　贴在灶边的墙上,
大堰河,会对她的邻居夸口赞美她的乳儿;
大堰河曾做了一个不能对人说的梦:
在梦里,她吃着她的乳儿的婚酒,
坐在辉煌的结彩的堂上,
而她的娇美的媳妇亲切的叫她"婆婆",
……
大堰河,深爱她的乳儿!

大堰河,在她的梦没有做醒的时候已死了。
她死时,乳儿不在她的旁侧,
她死时,平时打骂她的丈夫也为她流泪,
五个儿子,个个哭得很悲,
她死时,轻轻的呼着她的乳儿的名字,
大堰河,已死了,
她死时,乳儿不在她的旁侧。

大堰河,含泪的去了!

同着四十几年的人世生活的凌侮,
同着数不尽的奴隶的凄苦,
同着四块钱的棺材和几束稻草,
同着几尺长方的埋棺材的土地,
同着一手把的纸钱的灰,
大堰河,她含泪的去了。

这是大堰河所不知道的:
她的醉酒的丈夫已死去,
大儿做了土匪,
第二个死在炮火的烟里,
第三,第四,第五
在师傅和地主的叱骂声里过着日子。
而我,我是在写着给予这不公道的世界的咒语。
当我经了长长的飘泊回到故土时,
在山腰里,田野上,
兄弟们碰见时,是比六七年前更要亲密!
这,这是为你,静静的睡着的大堰河
所不知道的啊!

大堰河,今天,你的乳儿是在狱里,

写着一首呈给你的赞美诗,

呈给你黄土下紫色的灵魂,

呈给你拥抱过我的直伸着的手,

呈给你吻过我的唇,

呈给你泥黑的温柔的脸颜,

呈给你养育了我的乳房,

呈给你的儿子们,我的兄弟们,

呈给大地上一切的,

我的大堰河般的保姆和她们的儿子,

呈给爱我如爱她自己的儿子般的大堰河。


大堰河,

我是吃了你的奶而长大了的

你的儿子,

我敬你

爱你!

      雪朝,十四,一,一九三三。

(原载1934年5月1日《春光》第1卷第3期)


  在《我的创作生涯》一文中,艾青说:"一九三三年初,一个下雪的日子,我从碗口大的窗户看着雪,想起了我的保姆……"为什么艾青看着雪,"想起了我的保姆"?是因为前一年,艾青经过长长的漂泊,在"一·二八"的炮火声中回到故乡,但令他辛酸的是,乳母大堰河在他回来前已经"含泪的去了"。他拜谒了大堰河"雪压着的草盖的坟墓",又孤独地踏上流浪的道路,不久便因参与革命文艺活动而入狱。在狱中,艾青看到雪自然会想起大堰河"雪压着的草盖的坟墓"。一想起大堰河,他便以不可遏制的激情一气呵成写下了这首诗。

少年时代的高尔基在阅读福楼拜的小说《朴素的心》时,完全被迷住了,"简直变成了聋子、变成了瞎子"。小说中的人物在他面前"遮住了闹哄哄的春天的节日",他认为里面"一定藏着不可思议的魔术",天真地拿着书本在太阳光下照看,企图看出它的秘密。(高尔基《我怎样学习写作》)读艾青的这首诗,你也会产生如此的感想。如此简单的字句,如此朴素的语言,为什么竟能产生如此打动人心的力量,使人情不自禁地为大堰河的命运一掬同情之泪,为大堰河的淳朴、善良而感动,为诗中乳母与乳儿的真挚感情、深情厚谊而赞叹?

这首诗之所以能如此打动人心,是因为它用朴素的诗句抒发了真诚深切的感情。这首诗从头至尾,全无修饰,没有华丽的辞藻,没有浮夸的感叹,只是如实地写出了大堰河的一生和她对乳儿的深爱，以及乳儿对她深深的崇敬与怀念。全诗始终围绕"我"和大堰河的关系来写。诗中写大堰河平凡的一生、普通的一生，她的苦难坎坷、善良淳朴也隐含在不动声色的叙述之中。诗中"我"对大堰河的崇敬与怀念的情感也是通过不动声色的叙述而缓缓流淌，直至汇成诗情的涌潮。诗中的视角是回顾式的，语气是平静的。直到最后，诗人情不自禁地直抒胸臆，但也是朴素的诗句：我敬你／爱你！

读这首诗，我们的眼前矗立起了一个朴素的劳动妇女大堰河的形象。这是中国劳动妇女的典型塑像。诗人通过她生时含着笑辛勤劳动、贫困中含泪死去和死后全家的悲惨遭遇三幅图景，绘就了她悲苦一生的画面，对她的命运做了典型的概括和反映。在诗的结尾，大堰河的形象升华为象征形象，这是一个沉默的大地母亲、生命的养育者的形象，沉默中蕴含着宽厚、仁爱、淳朴与坚忍。可以把她看作永远与山河、村庄同在的人民的化身，是孕育万物的大地、养育人类的母亲，或者说是中国农民的化身。

这首诗的魅力，首先在于它情真意挚，以情动人。王国维在《人间词话》中说："尼采谓：'一切文学，余爱以血书者。'"这首诗便是诗人用自己的心血写下的。它是诗人对自己过往生命历程的回顾，是诗人在狱中对自己的人生深入思考的结晶。他在"生我的父母"和养育的乳母之间做出了感情取舍,选择了大堰河,也就选择了与大堰河同样命运的劳动人民。他的诗情也是"呈给大地上一切的,/我的大堰河般的保姆和她们的儿子"。这种感情是真实的、朴实的,来源于生活的积蓄。这种感情是在与大堰河和她的儿子们共同生活、亲密交往过程中形成的。它来源于童年生活的积淀,是蓄积于心的。以往的研究者和赏析者总是说,诗人善于选择那些最富有感情内涵的生动而有表现力的细节,来渲染抒情的气氛。其实无须选择,那些生活场景和细节都是诗人亲历亲见铭记脑海的,回忆之闸门一经打开,便会涛激浪涌自动浮现,这便是真情的力量。正是这种至情至性,使读者情不自禁地入情入境,心旌摇曳,与作者同喜共悲,产生强烈的共鸣。

这首诗的成功,还得益于它通过叙事进行抒情。这首诗是以大堰河的一生为经线、以"我"对大堰河的感情为纬线交织而成的一匹锦。它的特点是通过叙事来抒情,叙事与抒情交织在一起,齐头并进。它在强烈的抒情中有着对大堰河生活和命运的纵向发展的叙述,在叙述的过程中又时时贯穿着对乳母的赤子深情,抒情与叙事水乳交融、浑然一体。"一切景语皆情语。"所叙之事皆含情。通过叙事,所抒之情有了依托;穿插抒情,使所叙之事饱含情感色彩。

而在叙事中，艾青出色地运用了"视觉形象"。"大堰河，今天我看到雪使我想起了你：/你的被雪压着的草盖的坟墓，/你的关闭了的故居檐头的枯死的瓦菲，/你的被典押了的一丈平方的园地，/你的门前的长了青苔的石椅，/大堰河，今天我看到雪使我想起了你。""你用你厚大的手掌把我抱在你怀里，抚摸我；/在你搭好了灶火之后，/在你拍去了围裙上的炭灰之后，/在你尝到饭已煮熟了之后，/在你把乌黑的酱碗放到乌黑的桌子上之后，/在你补好了儿子们的为山腰的荆棘扯破的衣服之后，/在你把小儿被柴刀砍伤了的手包好之后，/在你把夫儿们的衬衣上的虱子一颗颗的掐死之后，/在你拿起了今天的第一颗鸡蛋之后，/你用你厚大的手掌把我抱在怀里，抚摸我。"这一幅幅画面浮现在读者眼前，强化了诗歌的视觉印象与空间感觉，增强了诗歌的艺术魅力。

《大堰河——我的保姆》是自由放逸的自由体诗。诗人善用排比和对比手法来表达强烈的感情，用重叠的诗句或诗节反复咏叹，使诗歌既明朗单纯而又多姿多彩。

诗人叙事的主要手段是用排比句铺叙，而排比的长处便是情感的积累，所以排比也是抒情的手段。第4节，写大堰河的乳母生涯，8个排比句"在你……"，把大堰河的辛劳描绘得如在目前。第6节8个排比句"我……"，展示了地主家里的生活是优裕的、舒适的,但"我"却感到"忸怩不安"。第 7 节 6 个排比句,写大堰河的佣工生活,写"她含着笑"辛勤劳作。第 10 节写大堰河死后的凄凉,5 个"同着……",突出了诗人对"不公道的世界"的揭发和控诉。倒数第二节,诗人以"呈给……"7 个排比句,抒发了对大堰河的崇敬和热爱。这些句子读起来非一气呵成而不能停,势如破竹,叫人一发不可收。读者的情感积累也如大江奔流,一浪高于一浪,直至高潮。

全诗在不动声色的叙事中,通过对比手法表达了鲜明的情感倾向。诗中的对比多是暗比,让读者情不自禁地自己去比较、去领会。例如:贫苦农妇和地主老财家庭生活的对比,大堰河生前"含着笑"劳作和死后的凄凉对比,大堰河悲苦的一生和她对美好生活的向往对比,在"生我的父母家"和养育的乳母之间感情对比等。这种情感是内发的,在貌似不动声色的叙事中,在平实朴素的诗句中,情感的潜流在缓缓流动,在积聚力量冲击堤岸。

为了加强情感和音节的旋律,诗人还大量运用了反复的修辞方法。如第 1、3、4、6、7、8、9、10、11 节中,都采用了前后诗句反复的手法,使诗歌一唱三叹,回环婉转,增强了诗歌的抒情效果。

《大堰河——我的保姆》一诗奠定了艾青诗歌创作的

思想基调,可以看作是他的诗的宣言:他的诗是呈现给大堰河、呈献给大堰河般的"勤劳而困苦的人群"的。他至高无上的诗神是与中国的土地合而为一的普通农民。

"为什么我的眼里常含泪水?

因为我对这土地爱得深沉!"

参考资料:

骆寒超、骆蔓:《时代的吹号者——艾青传》,杭州出版社,2005年版。

张建宏:《现代爱国三诗人——郭沫若闻一多艾青》,漓江出版社,1993年版。

阿垅:《孤岛》

———

我，是小小的孤岛，然而和大陆一样

我有乔木和灌木，你底乔木和灌木

我有小小的麦田和疏疏的村落，你底麦田和村落

我有飞来的候鸟和鸣鸟，从你那儿带着消息飞来

我有如珠的繁星的夜，和你共同在里面睡眠的繁星的夜

我有如桥的七色的虹霓，横跨你我之间的虹霓

# 阿垅：《孤岛》
## ——"要开做一枝白色花"

历史上有许多因诗成谶的典故。如古代第一美男子潘岳。他常与陆机、左思、刘琨等一批文学家在西晋首富石崇的金谷园中聚会，饮酒作赋，潘岳写了一首《金谷集诗》："春荣谁不慕，岁寒良独希。投分寄石友，白首同所归。"后来，因司马伦党羽孙秀看上石崇宠妾绿珠，向石崇索要无果，故而诬陷其为乱党，石崇遭夷三族，又因孙秀与潘岳素不相能，遂将潘岳一并杀头，应了那句"投分寄石友，白首同所归"。《世说新语》说其"乃成其谶"。之所以谈到诗谶，是因为我们这篇文章要介绍的主人公也重蹈了因诗成谶的命运。诗题叫作《无题》，其最后一节写道：

……

要开做一枝白色花——

因为我要这样宣告,我们无罪,然后我们凋谢。

阿垅这首诗作于1944年。一般说来《无题》诗意味着情诗。这首诗也不例外,有些像李商隐的《无题》,隐晦迷离,难于索解,暂且不论。而最后两行便是具有谶言性质的诗句:"要开做一枝白色花——/ 因为我要这样宣告,我无罪,然后我们凋谢。"这简直就是对阿垅后半生的预语,读来不禁令人唏嘘感叹。1981年,和阿垅一同罹难的一帮诗人归来后,结集出版的诗集就叫《白色花》。①

这里涉及新中国成立后的一大错案——"胡风反革命集团"案。与其他胡风分子被诬陷的罪名相比,阿垅的罪名大得吓人:"国民党军官""替国民党卖命",最后获刑12年。阿垅由一个长期潜伏敌营、冒死递送军事情报的功臣,转眼间变成了面目狰狞的敌对分子。

---

① 《白色花》编者是绿原和牛汉,收入了20位作者的诗,他们是阿垅、鲁藜、孙钿、彭燕郊、方然、冀汸、芦甸、牛汉、曾卓、邹荻帆、绿原等原"七月诗派"的诗人。他们多受"胡风反革命集团"案牵连被打入冷宫多年,粉碎"四人帮"后复出。《白色花》1981年由人民文学出版社出版。

1980年，阿垅平反后，历史还原了他的真实面目。

阿垅自幼家境贫寒，学徒出身，饱尝过失业失学之苦。在中国公学大学经济部读书期间，上海爆发了"一·二八事变"，阿垅目睹吴淞口的校舍被日军炮火摧毁。他感到在强敌面前，仅靠实业救国远远不够，遂投笔从戎，于1933年考入国民党中央陆军军官学校（黄埔军校）第10期步兵科，至南京受训。毕业后，他任国民党第88师见习军官及少尉排长。不久，他参加了淞沪会战。他身先士卒，带领士兵们来到闸北最前线。在一次敌机轰炸中，他脸部受伤，不得不离开队伍治疗。这段经历给他留下了刻骨铭心的感受，他将其写入报告文学《闸北打了起来》和《从攻击到防御》，以 S.M. 的笔名发表在胡风主编的《七月》杂志上。国民党军队中的种种情况使阿垅失望。受到少年时好友中共地下党员陈道生的影响，阿垅逐渐倾向革命。1938年7月，阿垅在武汉见到了胡风。在胡风介绍下，阿垅见到了周恩来的秘书吴奚如。吴奚如安排他到延安抗大学习，并计划让他在学习之后回到国民党部队，从事情报工作和统战工作。几个月后，他的眼睛在一次野战演习中受伤，组织安排他到西安疗伤。在西安养伤期间，他开始写作纪实小说《南京》。1941年，阿垅奉命到重庆"潜伏"。经黄埔同学介绍，他进入国民党军事委员会任少校参谋,后又考入陆军大学,毕业后任战术教官。他为共产党提供了大量情报,但随着当事人的纷纷离世,这段历史也逐渐湮灭。

阿垅(1907—1967),"七月诗派"代表诗人,中国现代文学史上卓有贡献的文艺理论家。他原名陈守梅,又名陈亦门,浙江杭州人。他1955年因"胡风案"被捕,并于1967年含冤死于狱中,1980年获得平反。他著有长篇小说《南京》、诗集《无弦琴》、文艺论集《人和诗》《诗与现实》《作家的性格和人物的创造》等。

阿垅读中学时即酷爱文学,尤其喜欢诗歌,尝试着给杭、沪、宁等地的报纸副刊和文学刊物投稿,发表了一些诗作。他的诗风沉郁,自具一格,曾受到郁达夫、徐志摩等名家的好评。他的长篇纪实小说《南京》(后改名《南京血祭》)是第一部记录南京大屠杀和南京保卫战的史诗般的作品。该小说曾获得中华全国文艺界抗敌协会的征文奖,但当时未能出版;直到南京保卫战50周年的1987年,人民文学出版社才据遗稿出版。

《南京血祭》以纪实的笔触记述了士兵们英勇杀敌、视死如归的壮举,同时也描写了战事中南京市民形形色色的生活,艰辛、绝望中的挣扎。小说记叙了发生在南京中华门、光华门、中山门的激战,也记录了中国军队的多次重大会战。通过这部作品,作者表达出了"中国军人悲壮的爱国情怀和最终战胜敌人的光明前途"。《南京血祭》既是一部记录日军南京屠城的罪行录,又是一座矗立在中国人民心头的抗战纪念碑。

阿垅是"七月诗派"的代表诗人之一。"七月诗派"是在艾青的影响下,以理论家兼诗人胡风为中心,以《七月》《希望》等杂志为基本阵地而形成的青年诗人群,主要诗人有鲁藜、绿原、冀汸、阿垅、曾卓、芦甸、孙钿、方然、牛汉等。他们以提倡革命现实主义与自由诗体为主要旗帜,在抗日战争与解放战争时期国统区的诗歌创作中产生了巨大影响。

阿垅的诗歌收入诗集《无弦琴》,其名篇有《纤夫》《孤岛》等。《纤夫》写于1941年年底,以嘉陵江上的纤夫象征在苦难中挣扎、崛起和前进的中华民族,从纤夫"四十五度倾斜的/铜赤的身体和鹅卵石滩所成的角度"发现了民族历史进程"动力和阻力的强度"。

  佝偻着腰

  匍匐着屁股

  坚持而又强进!

  四十五度倾斜的

铜赤的身体和鹅卵石滩所成的角度
动力和阻力之间的角度，
互相平行地向前的
天空和地面，和天空和地面之间的人底昂奋的脊椎骨
昂奋的方向
向历史走的深远的方向

纤夫有"那坚凝而浑然一体的群 / 那群底坚凝成钢铁的集中力"。纤夫也象征着中华民族全民抗战顽强不屈的意志。

一条纤绳组织了
脚步
组织了力
组织了群
组织了方向和道路，——
就是这一条细细的、长长的似乎很单薄的苎麻的纤绳。

　前进——
强进！
这前进的路

"七月诗派"强调力与美的统一,强调塑造行动着的历史的强者的抒情主人公。这些原则在阿垅的诗里得到了充分的彰显。

> 一寸的前进是一寸的胜利啊,
> 以一寸的力
> 人底力和群底力
> 直迫近了一寸
> 那一轮赤赤地炽火飞爆的清晨的太阳!

阿垅的《纤夫》强调力,强调生命的力,强调生命的体现,在坚忍中透出生命的沉重,在生命的沉重中激发出古老民族顽强的原生力。诗人选取了纤夫拉纤挺进的姿态,在这一典型意象中注入了象征意义,通过塑造这一行动着的历史的强者的集体群像,传达出他对历史真理的感悟,表达了对全民抗战必将胜利的坚定信念。

《纤夫》是一首沉毅雄壮的乐曲。这首自由体长诗,诗行参差不齐,节奏起伏跌宕,刀劈般的短句和如行列行进般的长句交错出现,如江水奔流、波涛起伏般的节奏,好像把读者带入了光未然、冼星海创作的《黄河船夫曲》。

《纤夫》又是一座诗的雕塑,诗中融入了空间艺术的雕塑手法，风、江水、大木船、挺进的纤夫都栩栩如生、呼之欲出，诗的形象充满了立体感，使人联想起俄国批判现实主义画家列宾的名画《伏尔加河上的纤夫》。只是诗比画更具动态，在悲怆的画面上多了一些亮色，在人物形象上也多了些坚忍顽强。《纤夫》不愧为一座用诗歌塑造的抗战中奋起的中华民族的英雄群雕。

阿垅的《孤岛》作于1946年。其时，诗人在成都编辑文学刊物《呼吸》。《孤岛》一诗表现了诗人当时的处境，以及在这处境下诗人与革命、正义力量及其事业不可分割的血肉联系的告白。

### 孤岛

在掀腾的海波之中，我是小小的孤岛，如同其他的孤岛
在晴丽的天气，我能够清楚地望见大陆边岸的远景
似乎隐隐约约传来了人声，虽然远，但是传来了，人声传来
有的时候，也有一叶小舟渡海而来，在我底岸边小泊
而在雾和冬的季节，在深夜无星之时，我
不能看到你了，我只在我底恋慕和向往的心情中看见你为我留下的影子

我，是小小的孤岛，然而和大陆一样

我有乔木和灌木，你底乔木和灌木

我有小小的麦田和疏疏的村落，你底麦田和村落

我有飞来的候鸟和鸣鸟，从你那儿带着消息飞来

我有如珠的繁星的夜，和你共同在里面睡眠的繁星的夜

我有如桥的七色的虹霓，横跨你我之间的虹霓

我，似乎是一个弃儿然而不是

似乎是一个浪子然而不是

海面的波涛嚣然地隔断了我们，为了隔断我们

迷惘的海雾黯澹地隔断了我们，想使你以为丧失了我而我以为丧失了你

然而在海流最深之处，我和你永远联结而属一体，连断层地震也无力使你我分离

如同其他的孤岛，我是小小的孤岛，你底儿子，你底兄弟

一九四六年于成都

诗中抒唱的"孤岛"，弃儿似的孤悬海中，远离大陆，看来无所依归，但实际上它却是大陆伸出之一部分，两者在海流深处"永远联结而属一体"。诗作便借这似断实连的自然景观，一往情深地表达了诗人与正义力量及事业的

不可分割的血肉联系。

诗作采用暗喻的手法,不正面写出题旨,而以深情的笔墨反复抒写我对大陆的恋慕和认同,对企图隔断他们的嚣然的波涛和迷惘的海雾发出鄙夷的笑声,从而给人以确定不移的印象。恰切的比喻,补充式的复句,散文似的自由的抒唱,使诗具有一种明丽显豁的意境和回肠荡气的力量。

以前的研究者提到这首诗的写作背景时,都是说,解放战争时期,诗人因在国统区感到孤独,故而用隐喻的手法来表达自己的心情。这种分析太浮于表面。其实,孤岛意识或者说孤岛情结始终笼罩着阿垅。这要从阿垅的双重身份说起:阿垅是一个国民党军官,又是共产党的谍报人员,可以说是一个"卧底"。长期做双面人,做隐蔽战线的工作,使他需要不停地强化自己的归属意识。同时,地下工作的性质也使他经常感受到隔绝于组织和人民的孤独感、无力感,一种孤军作战的壮烈感。地下工作经常会和组织失去联系,所以他说:

> 有的时候,也有一叶小舟渡海而来,在我底岸边小泊
> 而在雾和冬的季节,在深夜无星之时,我
> 不能看到你了,我只在我底恋慕和向往的心情中看见你

为我留下的影子

从表面看来,他孤绝于革命人民的正义事业,是一个国民党军官,但实际上他是人民革命事业的一个重要组成部分:

我有乔木和灌木,你底乔木和灌木
我有小小的麦田和疏疏的村落,你底麦田和村落
我有飞来的候鸟和鸣鸟,从你那儿带着消息飞来
我有如珠的繁星的夜,和你共同在里面睡眠的繁星的夜
我有如桥的七色的虹霓,横跨你我之间的虹霓

这几行诗中补充式的复句,强调了"我"的一切都与"你"息息相关,尤其是"从你那儿带着消息飞来""横跨你我之间的虹霓",是不是传达出了一些地下工作的气味?

诗的最后说:

然而在海流最深之处,我和你永远联结而属一体,连断层地震也无力使你我分离
如同其他的孤岛,我是小小的孤岛,你底儿子,你底

兄弟

"孤岛"心境也就是"卧底"的心境。如果从这个角度重新审视这首诗，我们是否可以说《孤岛》就是阿垅的自况，就是阿垅向党和人民交心的告白书？这首诗的语言相比于《纤夫》而言，显得缱绻、细腻和深情就是明证。同时，在诗中，阿垅把自己长期做地下工作的孤寂、无助和向往、企盼都艺术地化为"孤岛"这个意象，通过孤岛和大陆在海底紧密相连的联系，隐喻自己不是孤军作战，而是与党和人民的事业紧密相连、永不分离。阿垅的行为似乎也证明了这一点，1947年，他身份暴露，就换了一个名字，又进入国民政府的另一个系统，不久在军官学校做到了上校校官，继续在隐蔽战线为党工作。

当然，文学形象大于思想。作品所蕴藏的思想容量往往是作者永远也想象不到的。我们欣赏这首诗时，不必拘泥于阿垅的身份而限制了我们的审美想象。凡属借助这种"似断实连"自然景观以表达不可分割血肉联系的自由联想都是对作品的正解和褒扬。

参考资料：
王增铎：《还阿垅以真实面目》，发表于《新文学史料》2001年第2期。

穆旦：《森林之魅——祭胡康河上的白骨》

———

过去的是你们对死的抗争,

你们死去为了要活的人们的生存,

那白热的纷争还没有停止,

你们却在森林的周期内,不再听闻。

## 穆旦：《森林之魅——祭胡康河上的白骨》
## ——"留下了英灵化入树干而滋生"

"一寸山河一寸血，十万青年十万军！"近些年，经过媒体大量的报道，尤其是电视纪录片和电影、电视连续剧的广泛传播，中国远征军和青年学生从军热潮的这段尘封的历史重新为人们所了解、所熟知。他们可歌可泣的英雄业绩、悲壮凄烈的奋斗牺牲、惨绝人寰的绝境遭际给和平年代的人们带来了极大的震撼。这些无名的被湮没的英雄激起了人们无限的崇敬和同情。其中，就有中国现代诗歌史上一个伟大诗人——穆旦，中国现代翻译史上的一个

**著名翻译家——查良铮！**

穆旦（1918—1977），原名查良铮，祖籍浙江海宁，生于天津。1935年，他考入清华大学外文系。抗战全面爆发后，他随校步行迁西南联大，1940年毕业留校，任外文系助教。1942年，他加入中国远征军赴缅甸作战。他1948年到美国芝加哥大学英国文学系学习，1952年6月毕业，获芝加哥大学文学硕士学位。1953年年初，他自美国回到天津，任南开大学外文系副教授，致力于俄、英诗歌翻译。1958年，他被打成历史反革命，调图书馆和洗澡堂，先后10多年受管制、批判、劳改。他被迫停止诗歌创作，继续翻译。1975年，他恢复诗歌创作，一举创作了《智慧之歌》《停电之后》《冬》等近30首作品。他于1977年春节期间病逝。

与族弟查良镛拆"镛"字取笔名"金庸"有别，他拆"查"字为"穆旦"作为笔名。写诗时署名"穆旦"。20世纪40年代，穆旦出版的诗集有《探险队》《穆旦诗集》《旗》等。50年代后，他开始外国诗歌的翻译，署名"查良铮"，主要译作有《普希金抒情诗集》《欧根·奥涅金》《唐璜》《英国现代诗选》《穆旦译文集》等。

早在西南联大读书时期，穆旦就已是诗坛一颗冉冉升起的新星。1941年12月发表的《赞美》是他的成名作，曾被选入中学语文教材。《赞美》是对中华民族坚韧的民族生存力的礼赞，在歌颂中寄寓着历史和现实的深沉的悲痛，被称为"带血的歌"（袁可嘉）。这首诗最后以"一个民族已经起来"的宏大呼声压住了诗篇的阵脚，"使它显得悲中有壮，沉痛中有力量"。

1942年2月，24岁的穆旦响应国民政府青年知识分子参军入伍的号召，以西南联大助教的身份报名参加中国入缅远征军，在副总司令杜聿明兼任军长的第五军司令部，以中校翻译官的身份随军进入缅甸抗日战场。同年5月至9月，他亲历了滇缅大撤退，经历了震惊中外的野人山战役，于遮天蔽日的热带雨林穿山越岭，扶病前行，踏着堆堆白骨侥幸逃出野人山。

中国远征军在缅甸的初征出师不利。中英美三方在战略上未达成一致，远征军内部指挥不大统一，致使中国军队陷入被动，战场上处处失利。在高层的扯皮和犹豫之间，日军已经切断了远征军的退路。在杜聿明、戴安澜等将领率领下，远征军被迫踏上了翻越野人山的归国之路。穆旦随部从缅甸撤退到印度的雷多。总撤退路线大约650公里，而最后这一段野人山的路程大约是100公里。穆旦跟随远征军进入野人山的时间是6月下旬，那是缅甸雨季雨势最凶猛的时期，漫天大雨中根本分不清方向，充满凶险的雨林小道就是当年中国远征军的撤退之路。那遮天蔽日的丛林，即使在晴天都是阴暗潮湿的，而雨季丛林中除了各种猛兽、蛇虫，还有各种蚊蚋和毒瘴。令人闻风丧胆的蚂蟥在短短的时间就会把一个健壮的青年的血液吸干，丛林中海量的蚂蚁则会把疲惫休息中的战士啃咬得只剩下一堆白骨，他们还面临回归热、疟疾、出血热等烈性传染病的肆虐。

杜聿明在《中国远征军入缅对日作战述略》中记述："原始森林内潮湿特甚，蚂蟥、蚊虫以及千奇百怪的小巴虫到处皆是。蚂蟥叮咬，破伤风病随之而来，疟疾、回归热及其他传染病也大为流行。一个发高热的人一经昏迷不醒，加上蚂蟥吸血，蚂蚁侵蚀，大雨冲洗，数小时内即变为白骨。官兵死亡累累，前后相继，沿途尸骨遍野，惨绝人寰……"①

在雨季丛林中行军，本身就是一场噩梦。穆旦所在的部队要掩护整个大部队撤退。这项任务被称为"自杀性的殿后战"，部队被紧追不舍的日军打散，在热带的暴雨下，在阴暗死寂的胡康河谷，穆旦迷路了，与大部队失去了联系，独自在茫茫如海的热带雨林中穿行。一路上，穆旦目睹了战士们的尸骨和各种惨烈的死亡场景。后来，穆旦曾

---

① 杜聿明：《中国远征军入缅对日作战述略》，载《文史资料选辑》第8辑，中华书局，1960年版。

无意中与人说起，他亲眼看到一位军人的尸体，只剩下一堆白骨，但是脚上仍穿着一双完整的军靴。更不幸的是，行军途中穆旦染上了疟疾，靠着撤退前杜聿明分给他的两片抗疟疾药，他才死里逃生。数十天的丛林跋涉，热带雨林的暴雨冲刷，瘴疠疟疾，伤病困扰，野兽的侵袭，筋疲力尽的行走，使年轻的诗人如同时刻行走在鬼门关前。他的双腿肿胀，步履蹒跚，还要忍着令人发疯的饥饿，他曾一次断粮达8天之久……这位年轻的诗人凭着难以想象的生命意志，一步一步地踏着堆堆白骨，侥幸逃出野人山，终于在九死一生之后抵达印度。在印度集结地的几个月的休养中，他又几乎因饥饿之后的过饱而死去。幸运的是，他活了过来。历尽艰辛的穆旦经过在印度的半年休养，于1943年归国。

穆旦的朋友，诗人、翻译家王佐良在1946年向西方世界介绍中国抗战时期诗坛的《一个中国诗人》的文章中提及了穆旦的这段经历："但是最痛苦的经验却只属于一个人，那是一九四二年的滇缅撤退，他从事自杀性的殿后战。日本人穷追，他的马倒了地，传令兵死了，不知多少天，他给死去战友的直瞪的眼睛追赶着，在热带的毒雨里，他的腿肿了。疲倦得从来没有想到人能这样疲倦，放逐在时间——几乎还在空间——之外，胡康河谷的森林的阴暗和死寂一天比一天沉重了，更不能支持了，带着一种致命性的痢疾，让蚂蟥和大得可怕的蚊子咬着。而在这一切之上，是叫人发疯的饥饿。他曾一次断粮到八日之久。但是这个二十四岁的年青人，在五个月的失踪之后，结果是拖了他的身体到达印度。虽然他从此变了一个人，以后在印度三个月的休养里又几乎因饥饿之后的过饱而死去，这个瘦长的，外表脆弱的诗人却有意想不到的坚韧，他活了下来，来说他的故事。"①

穆旦并没有马上来说他的故事。长歌当哭，是必须在痛定之后的。直到3年后的1945年9月，穆旦发表了《森林之魅——祭胡康河谷上的白骨》（原题《森林之歌——祭野人山死难的兵士》），用诗歌为胡康河谷的死难战友们竖起了一座永久的纪念碑。这首诗被誉为中国现代诗史上直面战争与死亡、歌颂生命与永恒的伟大的里程碑式代表作。

---

① 王佐良：《一个中国诗人》，原载英国伦敦 LIFE AND LETTERS（1946年6月号），和北平《文学杂志》（1947年8月号）。收入《穆旦诗集 (1939—1945)·附录》，沈阳，1947年5月版。

## 森林之魅
### ——祭胡康河谷上的白骨

森林：

没有人知道我，我站在世界的一方。
我的容量大如海，随微风而起舞，
张开绿色肥大的叶子，我的牙齿。
没有人看见我笑，我笑而无声，
我又自己倒下去，长久的腐烂，
仍旧是滋养了自己的内心。
从山坡到河谷，从河谷到群山，
仙子早死去，人也不再来，
那幽深的小径埋在榛莽下，
我出自原始，重把秘密的原始展开。
那毒烈的太阳，那深厚的雨，
那飘来飘去的白云在我头顶，
全不过来遮盖，多种掩盖下的我
是一个生命，隐藏而不能移动。

人：

离开文明，是离开了众多的敌人，

在青苔藤蔓间,在百年的枯叶上,
死去了世间的声音。这青青杂草,
这红色小花,和花丛中的嗡营,
这不知名的虫类,爬行或飞走,
和跳跃的猿鸣,鸟叫,和水中的
游鱼,路上的蟒和象和更大的畏惧,
以自然之名,全得到自然的崇奉,
无始无终,窒息在难懂的梦里。
我不和谐的旅程把一切惊动。

森林:
欢迎你来,把血肉脱尽。

人:
是什么声音呼唤?有什么东西
忽然躲避我?在绿叶后面
它露出眼睛,向我注视,我移动
它轻轻跟随。黑夜带来它嫉妒的沉默
贴近我全身。而树和树织成的网
压住我的呼吸,隔去我享有的天空!
是饥饿的空间,低语又飞旋,

像多智的灵魂，使我渐渐明白
它的要求温柔而邪恶，它散布
疾病和绝望，和憩静，要我依从。
在横倒的大树旁，在腐烂的叶上，
绿色的毒，你瘫痪了我的血肉和深心！

  森林：
这不过是我，设法朝你走近，
我要把你领过黑暗的门径；
美丽的一切，由我无形的掌握，
全在这一边，等你枯萎后来临。
美丽的将是你无目的眼，
一个梦去了，另一个梦来代替，
无言的牙齿，它有更好听的声音。
从此我们一起，在空幻的世界游走，
空幻的是所有你血液里的纷争，
一个长久的生命就要拥有你，
你的花你的叶你的幼虫。

  祭歌：
在阴暗的树下，在急流的水边，

逝去的六月和七月，在无人的山间，
你们的身体还挣扎着想要回返，
而无名的野花已在头上开满。

那刻骨的饥饿，那山洪的冲击，
那毒虫的啮咬和痛楚的夜晚，
你们受不了要向人讲述，
如今却是欣欣的树木把一切遗忘。

过去的是你们对死的抗争，
你们死去为了要活的人们生存，
那白热的纷争还没有停止，
你们却在森林的周期内，不再听闻。

静静的，在那被遗忘的山坡上，
还下着密雨，还吹着细风，
没有人知道历史曾在此走过，
留下了英灵化入树干而滋生。

1945 年 9 月

穆旦把原题《森林之歌——祭野人山死难的兵士》改

为《森林之魅——祭胡康河谷上的白骨》，是有深意的。魅，形声字，从鬼，从未，未亦声。"未"意为"枝叶招展，花香袭人"，引申为"外貌讨人喜欢"。"鬼"指阴间的人。"鬼"与"未"联合起来表示"外貌讨人喜欢的鬼"。森林之魅暗示了原始雨林表面平和静谧实则暗藏凶险、温柔而邪恶的本质。胡康河谷，当地统称野人山，缅语即"魔鬼居住的地方"。祭奠穿越"魔鬼居住的地方"而留下了累累白骨，比起"祭野人山死难的兵士"来，更惊悚，更生动，更具象。

这首诗采用了诗剧形式。主体部分是森林与人的对话。按照"森林（1）——人（1）——森林（2）——人（2）——森林（3）"的顺序对话。最后的"祭歌"是诗人献给亡灵的祭辞，表达了诗人对于战争中牺牲的人的永恒价值的复杂思考。

在诗剧中，森林的声音是以主人自居，是主宰的，居高临下的；而人的声音则怯怯的，像是无意中进入了别人领地的旅程，有一种对未知世界的恐惧，传达出人既渴望沉溺又试图摆脱的矛盾心理。

森林和人的对白主要在森林（1）——人（1）、人（2）——森林（3）这两组之间进行。中间森林（2）只有一句话："欢迎你来，把血肉脱尽。"这句话是森林最中心的一句话，把森林之"魅"的本质和玩弄人于股掌中的得意、冷酷表现得淋漓尽致。短短一句，使森林与人的对白乃至整个诗剧都笼罩在一种悲抑的氛围中，使人越咀嚼越悲伤。

穆旦是"中国新诗派"的代表诗人。"中国新诗派"是指在抗战后大学校园中的一批热情敏感而又才华横溢的年轻人，包括穆旦、郑敏、杜运燮、袁可嘉、杭约赫、唐湜、唐祈、辛笛等，后又被称为"九叶诗人"。他们在诗艺上借鉴了西方现代诗派的某些技巧，刻意追求思想知觉化和哲理化。所谓"思想知觉化"就是将抽象的难以捉摸的微妙感受化为具体可感的形象。为此，他们常在诗中采用象征、拟人、暗示等手法，并把深刻的哲理熔铸在艺术形象里。

穆旦的诗是难懂的，下面，我们从森林与人的对话循序渐进地解读这首诗。

森林（1）：写森林之魅。诗人用拟人的手法，让森林宣示"我站在世界的一方"，隐喻森林是一种异己的存在；"我的容量大如海"，"容量"二字暗示着容纳一切、吞没所有的胃口，隐喻森林有可怕的力量。这种异己的、可怕的力量，外表柔和——"绿色肥大的叶子"，内心凶险——"我的牙齿"（那绿色而肥大的叶子显然就是森林啮人的牙齿）；它"笑而无声"，潜藏着危机，这一句揭示了原始雨林温柔而邪恶的本质。"我又自己倒下去，长久的腐烂，/仍旧是滋养了自己的内心"，隐喻野蛮、邪恶力量的世代积聚、无穷无尽。"原始""掩盖""隐藏"等词语描画出了一个善于伪装隐蔽的森林之魅，一个静静地蛰伏等待俘获猎物的森林之魅。穆旦的诗，用语通俗，而且充分发挥了汉语的弹性，利用多义的词语、繁复的句式，以表达现代人的"较深的思想"与诗情。在穆旦笔下，这一节诗句，每一句都像是客观描写，可每一句又都含有双重的意义。森林这温柔而又邪恶的形象就从这些极普通的词语里矗立起来。"森林之魅"的"魅"字就这样由抽象变成了可感可触的具体。森林在这里具有了象征意义，它是一种巨大的神秘的异己力量。

人（1）：写人之恐惧。"离开文明"是双关语，既是指离开文明世界进入原始森林，又是指离开人世进入死亡之谷。虽然避开了敌人的追杀和文明世界的所有灾难，但随之而来的是被自然所吞噬。"死去了世间的声音"，自然界里的所有生物——杂草、小花、蚊蝇、爬虫、飞鸟、游鱼、猿猴、蟒蛇、大象等，无论大小，无论生者和死者，全沉浸在死一般的寂静世界里。"无始无终，窒息在难懂的梦里"，隐喻死亡始终覆盖着这片森林。人闯进"魔鬼居住的地方",自然是"不和谐的旅程"了。

森林(2):"欢迎你来,把血肉脱尽",隐喻森林对人之魅惑。

人(2):写人之死。承接"欢迎你来,把血肉脱尽"的魅惑,仍是以拟人化的手法写死神的降临:"是什么声音呼唤?有什么东西/忽然躲避我?在绿叶后面/它露出眼睛,向我注视,我移动/它轻轻跟随。"森林的魅惑无所不在:永远走不出的原始森林如"树和树织成的网",饥饿、疾病、瘴气、梦魇,温柔而邪恶地"要我依从","瘫痪了我的血肉和深心"。穿越野人山时种种的恐怖景象在穆旦的笔下得到了诗意的表达。"饥饿的空间,低语又飞旋",只有被饥饿逼得快发疯的人才会产生这种奇异的感觉,运用这样别致的意象。断粮8天,对于时间已经无感了,空间感觉里则只有饥饿像一个飞旋的魔圈在头顶嗡嗡嘤嘤地低语飞旋,挥之不去,直到世界末日。

森林(3):写森林对人的杀戮。"黑暗的门径"即地狱之门。"美丽的一切,由我无形的掌握",暗示人死了化为腐土养育森林花木;"无目的眼""无言的牙齿",是说人死了再也看不见、再也不能说话,同时使人想象血肉化去,只剩下眼珠和牙齿的恐怖景象。对"空幻的是所有你血液里的纷争,/你的花你的叶你的幼虫",也有两种解释：一是说你生时的一切纷争都毫无意义，一是说人死后花、叶和虫子将占领你的身体。这一节的意象沉痛、绝望。血肉脱尽，唯余白骨，作为万物之灵的人变成了腐殖物。

祭歌：有三层意思。第一层，写烈士牺牲之惨烈。他们抛尸荒野，"你们的身体还挣扎着想要回返，/而无名的野花已在头上开满。"只有目睹了死亡线上大量挣扎扭动的躯体、看见了骨架尚存血肉已腐烂化为肥料养育花草的亲历者，才能写出如此惊心动魄的诗句。第二层，写烈士牺牲的意义："你们死去为了要活的人们的生存"。第三层，写烈士们被活着的人们遗忘。"欣欣的树木把一切遗忘"，"没有人知道历史曾在此走过"。"你们却在森林的周期内，不再听闻"一句，隐喻烈士的遗骸已融入了自然界的节律，化为永恒。

《森林之魅》是一首"哈姆莱特式的深思的诗"。它以诗剧的形式展开了人与森林的对话，述说着人类的渺小，人类在自然以及一切异己力量打击下的无奈。在诗人笔下，人类一切的战争与自然的威力相比不值一谈。大自然作为一种异己的力量无视人类的牺牲。"英灵化入树干而滋生"，无数英烈的血肉只不过是滋养了树木的养分，不被纪念。

在这首诗里，穆旦不仅质疑了战争的不义，而且质疑了一切敌视人类、制造人类苦难的神秘的异己力量。在穆旦笔下的森林是一种象征，它类似于老子《道德经》中所指斥的"天地不仁，以万物为刍狗"（大自然是没有感情的，它对万物都等同祭坛的贡品）。这首诗隐含着佛家的空幻感，有一种悲天悯人的宗教情怀，由哲学思考而进入了神性思维。

参考资料：
李怡、易彬：《中国文学史资料全编（现代卷）：穆旦研究资料》，知识产权出版社，2013年版。

图书在版编目（CIP）数据

现代诗歌与民国旧事 / 张建宏著 . -- 南昌：江西美术出版社，2022.5

ISBN 978-7-5480-8547-8

Ⅰ.①现… Ⅱ.①张… Ⅲ.①散文集－中国－当代 Ⅳ.①I267

中国版本图书馆 CIP 数据核字 (2021) 第 225401 号

现代诗歌与民国旧事

XIANDAI SHIGE YU MINGUO JIUSHI

张建宏　著

江西美术出版社

（南昌市子安路 66 号　　邮编：330025）

电话：0791-86565506　网址：www.jxfinearts.com

---

全国新华书店发行

湖北金港彩印有限公司印刷

开本：787mm×1092mm 1/32

印张：11

2022 年 5 月第 1 版　　2022 年 5 月第 1 次印刷

ISBN 978-7-5480-8547-8

定价：59.00 元

---

本书由江西美术出版社出版，未经出版者书面许可，不得以任何方式抄袭、复制或节录本书的任何部分。

本书法律顾问：江西豫章律师事务所　晏辉律师